The 91-Storey Treehouse
瘋狂樹屋91層
潛入海底兩萬哩

安迪‧格里菲斯 Andy Griffiths 著

泰瑞‧丹頓 Terry Denton 繪

韓書妍 譯

目次

孩子心中
的祕密基地

◎ **洪美鈴** 心理師、《還是喜歡當媽媽》作者

　　孩子們的夢想裡總有個樹屋，那是孩子心中宣告自主，兼具安全感的聖所，視為祕密基地，投射出內在獨一無二的心理空間，而且這個空間更靠近原始靈魂吧！才能安心仰賴樹幹撐托，聆聽樹葉在風中沙沙低語，因為容許接觸純真，才能與大自然輕巧的共存。

　　純真是會喚起無限想像的，大多數童話故事或是兒童文學對樹屋的描寫，從這樣的聖所基礎上擴展我們的好奇心與想像力，《瘋狂樹屋91層》則是用獨特的繪畫風格和幽默有趣的描寫節奏，延續之前無厘頭也無邊界的想像，帶我們走入另一個驚喜刺激的世界，同時，微帶挖苦的描寫著全知全能，遇上了本能、人性、關係、情緒會如何？

在我們標榜追求知識是成長的重要價值時，我想作者一點點的鬆動著我們，更需要在渴求知識滿足的當下，也能重視關係連結、身心安適，邊看這本書，我想我們不知不覺的培養了平衡的眼光。

　　我問孩子們：「如果你想蓋個樹屋，那會是怎樣的樹屋？」孩子們帶著發亮的眼神訴說，那樣的時刻，身為大人的我們專心聆聽就好，減少放入屬於成人的現實思考，以及是否可行的疑慮，單純讓他們相互分享提問，孩子之間的互動還會擴大了這間樹屋的功能設備，有的甚至還帶著防禦系統，如同這本瘋狂樹屋般的豐富熱鬧，在他們的分享中還會找出他們相處的界線與秩序，有的樹屋有吊橋，有的有隨時能收起的繩梯，有的喜歡筆直的樹，有的則是偏好彎彎曲曲，我想，孩子相當程度也在呈現自己的本質以及與世界連結的特性。

我問他們是否願意一起放入這篇書序之中，一個個對我搖搖頭，但沒多久，老二畫了樹屋的外觀，願意分享，我想，也很好，那是孩子心目中的聖所，我們必須在孩子的允許下進入他的樹屋，請當個尊重的客人，誠如進入他的內在世界，不評價的接納各種可能的想像，也不害怕的相信他只是需要有個地方待一會兒，也許因為有間自由想像與安全的樹屋，他會更樂意放下繩索，與世界連結。

圖：林哲丞

9

噓——別問太多！
就讓想像力恣意奔放！

◎ 賴柏宗 臺北市仁愛國小教師

　　還記得小時侯最期待放學回家，丟下書包、扭開電視，跟著卡通裡的主角完成一場冒險，卡通裡的想像、無厘頭，或者超現實，都讓小時候的我深深著迷。在偷閒的時刻，只要有紙筆或一些玩具，我就可以在想像的世界裡，繼續延伸故事的情節。

　　《瘋狂樹屋91層》正有這樣的魅力，作者安迪·格里菲斯與泰瑞·丹頓化身書裡的主角，一位寫作、一位畫圖，短短的一本書，帶著我們進入他們所創造的樹屋裡，展開一場樹屋的冒險旅程。他們透過淺顯的對白、掌握了畫面的節奏性，閱讀這本書正如同看一場電影，他們主動與讀者對話，與真實世界的我們產生連結，讓我們投入其中。

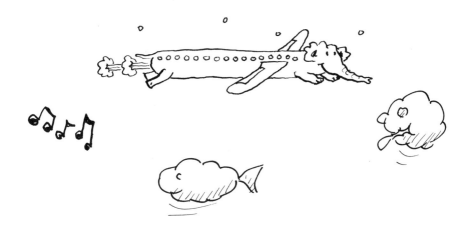

　　安迪與泰瑞所創造的瘋狂樹屋與現代的孩子產生了共鳴。在瘋狂的樹屋中，想像的世界不再是舊衣櫥、也不是幾分之幾的月台，而是腦袋瓜裡的天馬行空或劈里啪啦的聲響所交織出的世界。除了文字本身的趣味外，漫畫式的插圖也賦予故事更多樂趣與笑點。

　　這樣的共鳴讓我想起帶班的時候，有些孩子總會隨時帶著一個本子或一張紙，他們會在紙上創造自己的情節，正如同「瘋狂樹屋」的作者一樣，他們喜歡與同儕一起投入創造故事。

　　在他們的眼裡，平面的紙如同擴增實境一般，在下課的十分鐘裡自己成了故事中的主角；當鐘聲響起，這張神奇入口如同珍寶般壓在透明的桌墊下，等著下一次開啟。

只是，在孩子成長的過程中，會出現愈來愈多自以為是「全知夫人」的大人，當孩子開口問一個問題，「全知夫人」們便一股腦把所知道的說出來，自以為所知為真理。問題的答案好像被理所當然的真理所綁架，我們是否想過：當孩子得到的答案愈多，腦袋卻好像愈空，久而久之就失去了尋找答案的能力，然後成為另一位「全知夫人」。突然想起電影《綠野仙蹤》裡的一段對話，桃樂絲問稻草人為什麼沒有腦袋卻可以說話，稻草人回她：「我不知道，但很多沒有腦袋的人也會說很多話呀，不是嗎？」

想一想，人類許多重大的發明不也是先從想像力的奔馳開始，正如同這次的冒險告訴我們的：唯有想像力，才不會被知識所束縛。我想，《瘋狂樹屋91層》的作者提醒著我們以及小讀者：別忘了那顆赤子之心。當我們願意還給孩子探索的空間，少一點教條與說教、多一些陪伴，陪伴孩子尋找答案以及更多的可能性，孩子就能築出屬於他們自己的瘋狂樹屋！

瘋狂加乘再加乘，
全程雞飛狗跳！

◎ Sama 部落客

　　在我童年時光中，自家後院的楊桃樹有著重要意義，我常攀著枝幹，穿過層層枝葉，爬上灰瓦屋頂，坐在斜頂上，想像著如何跳躍過鄰家鴿子籠，爬上彩虹。

　　當了媽媽後，兩個兒子年幼時住在鄉間，家門外有一棵桑葚樹，每逢春日抽芽發新枝，到了四月間結實纍纍下垂，枝葉交錯在樹下，儼然成為一個天然樹屋，兩個孩子就如同童年的我一樣，天天在其中鑽來鑽去，想像著這是屬於他們的神祕空間，走入其中就有各種令他們著迷的魔法會帶來驚喜。

　　隨著年紀漸漸長大，這些兒時回憶已鮮少再憶起，直到看到《瘋狂樹屋91層》，在大笑之餘，那些跨越了許多年、記憶深處的鮮明幻想，又慢慢浮上心頭。

13

安迪和泰瑞是書中主角，也是本書的作者和繪者，他們奔騰的幻想與童心，在《瘋狂樹屋91層》裡一覽無遺，彈珠台、垃圾山、漩渦、龍捲風、超大蜘蛛網、算命師、動物學園、還有視訊電話……這些八竿子打不著的東西，整合在一起，變成不可思議又超級有趣的驚喜，走入了他們的樹屋，就來到一個充滿意外的奇幻境地。

安迪和泰瑞的瘋狂樹屋，已經架構了好多層，層層都有不同的驚喜。第九十一層樹屋中，安迪和泰瑞還是為了催稿而頭大，這次有個更重要的額外任務，就是被出版社編輯大鼻子先生指定當三個孫子的一日保母。兩個瘋狂的樹屋創作者，再加上三個期待來到樹屋的瘋狂小孩，瘋狂加乘再加乘，全程雞飛狗跳，完全無法預料，這種驚嚇又好笑的無措情況，除了讓閱讀興味無法克制、不斷提升，似乎也再現了自己童年和兩個兒子幼時無厘頭的點滴，那些似陌生又熟悉的畫面，讓人回味無窮、難以釋卷。

閱讀如果與生活經驗結合，成就的深刻滋味難以言喻。幻想與童心，總是隨著年齡增加而慢慢消失，這些消失在歲月間的記憶，多是精采而難忘，但現下回首，多餘惆悵，卻已難再尋。透過安迪和泰瑞的文圖，匪夷所思的事件、繁複而稚趣的圖像，卻讓人穿越長長的時光隧道，回到早已縹緲的曾經，那些逗趣的、不可理喻的、莫名其妙的片段，又慢慢串成清楚圖像，愉悅溫暖了內心。

　　那個想要攀上彩虹的小女孩以及那兩個在桑葚樹屋找尋魔法的小男孩，在安迪和泰瑞的《瘋狂樹屋91層》中，順著長長的滑梯，隨著驚險的漩渦和龍捲風，在不經意間，被送回懷念的過去。

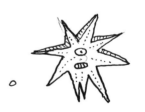

第 1 章

瘋狂樹屋九十一層

嗨，我是安迪。

這是我朋友泰瑞。

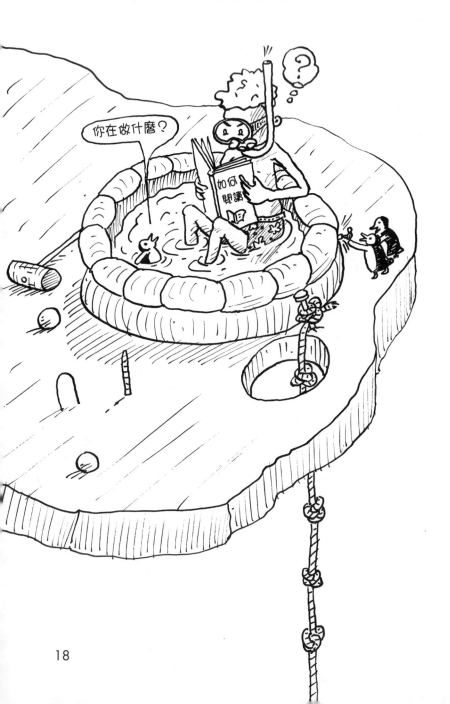

我們住在樹上。

噢，當我說「樹上」，指的是樹屋。

我說的「樹屋」可不是普通樹屋

──是**九十一層瘋狂樹屋**！

（之前是七十八層瘋狂樹屋，不過我們又加蓋了十三層。）

你還在等什麼？

快上來吧！

新加蓋的樓層中，有全知夫人的算命帳篷。

有間潛艇堡專賣店，專售尺寸和真正的潛水艇一樣大的潛艇堡。

全世界威力最強大的漩渦

薯泥肉汁號列車

無敵幸運轉輪盤

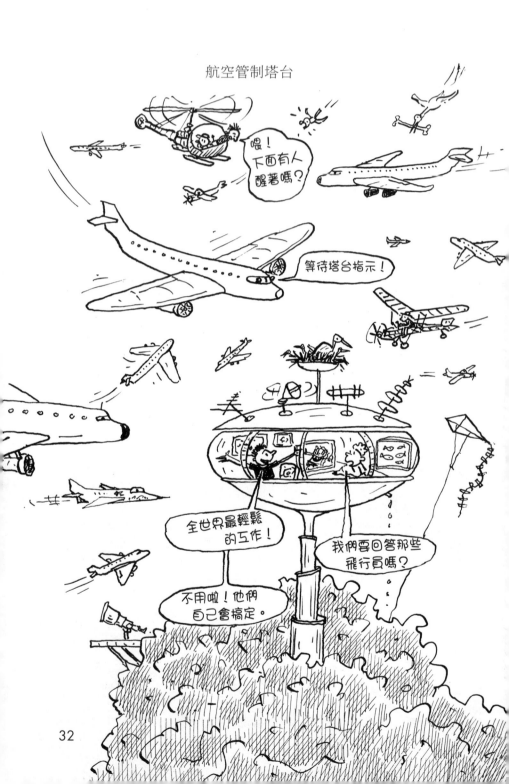

九十一層紙牌屋

巨無霸蜘蛛網（以及一隻巨無霸蜘蛛）

34

無人島

垃圾山（山頂有一個神祕的衣櫥）

36

還有一個紅色大按鈕（沒有人知道該不該按下去，因為我們忘記它的功能了）

樹屋不只是我們的家，也是我們一起創作的地方。我寫故
事，泰瑞畫圖。

如你所見，我們一起合作，完成了好多作品。

當然啦，住在九十一層瘋狂樹屋中，很容易分心……

41

但是無論如何，我們最後總是能把書寫完。

第 2 章

全知夫人

新褲子

或許你和我們大部分的讀者一樣，
正在猜紅色大按鈕的功能究竟是什麼。

「對呀，我也在想一樣的問題。」泰瑞說：「安迪，按鈕的功能到底是什麼？我想不起來了。」

　　「我不知道，」我回答：「我也想不起來。」

　　「我們按按看就知道啦！」泰瑞說。

　　我大叫：「不行！這個按鈕可能會炸翻全世界！」

　　「但是話說回來，」泰瑞說：「也可能會讓鼻子噴出彩虹。」

「話是沒錯，也許吧，」我說：「但是，只為了看看鼻孔會不會噴出彩虹，真的值得冒險炸翻全世界嗎？」

「嗯，」泰瑞說：「讓我想一想……嗯……」

「很值得啊？」泰瑞説。

「不值得！」我説：「根本大錯特錯！無論如何，你都不准按下這個按鈕！」

「可是……」

「不准！」

「但是我……」

「不行！」

「但是我真的、真的、真的很想知道它的功能嘛！」泰瑞説：「拜託讓我按按鈕，拜託拜託拜託拜託嘛！」

「不可以，」我説：「我有個更好的主意。我們去找全知夫人，問她如果按下按鈕會發生什麼事。她一定知道。」

「全知夫人是誰？」泰瑞問。

「你知道的！」我説：「就是那個算命師。」

「當然！」泰瑞説：「我知道……或是我以為我知道。你説她的名字是什麼？」

「別擔心這個，」我説：「跟我走就對了。」

我們經過漫長的爬上爬下之路，直到抵達全知夫人所在的樓層。

我們終於抵達全知夫人的帳篷，走了進去。裡面很暗，看起來怪陰森的。全知夫人正坐在一張小圓桌後面，盯著一顆巨大水晶球的中心。

　　「兩位好。」她頭也不抬的說：「我正在等你們。」

　　「真的嗎？」泰瑞說。

　　「當然，」全知夫人說：「我知道你們會來。而且我知道你們為何而來。我知道必須知道的一切，包括過去、現在和未來！」

「如果妳已經知道我們為什麼來這裡，」我說：「那麼可以直接告訴我們答案嗎？」

「當然可以，」她回答：「我是全知夫人。可以告訴你所有問題的答案。我知道必須知道的一切，包括過去、現在和……」

「我們知道！」我說。

「我知道你們知道。」全知夫人說。

「我知道妳知道我們知道，」我說：「所以妳可以直接告訴我們嗎？」

「可以，」全知夫人說：「但是你們得先問我問題。」

「但是妳說妳已經知道我們的問題是什麼了。」我說。

「我知道，」她說：「但算命的規則就是這樣。你先問問題，我再以隱晦的詩文告訴你答案。」

「好吧，」我說：「我們想問：如果按下紅色大按鈕，會發生什麼事？」

全知夫人望進水晶球，說道：

它很紅，

也很大，

見者莫不感到

萬分懼怕！

全知夫人猛然抬頭，倒抽一口氣。

「怎麼了？」我問：「你看到什麼？」

「我看到大爆炸，」她說：「然後是……毀滅……大毀滅……全部毀滅……然後……一片虛無。」

「和我想的一樣，」我說：「謝了，全知夫人，下次見。」

「下次，將比你所預期的更快到來。」她回答，此時我和泰瑞步出帳篷，重回日光下。

「這個嘛，」我說：「我們現在可以確定，按下紅色大按鈕絕對會炸翻全世界。」

「大概吧，」泰瑞說：「所以我們不應該按囉？」

「對！我是說不！我們絕對不該按下那個按鈕！」

「那我們當初為何要打造如此危險的按鈕？」泰瑞問。

「我不知道，」我說：「我不記得了。」

「我也忘了。」泰瑞說：「總之，現在我們解答完讀者的問題，也就是說，這本書可以結束囉？」

「我想是吧。」我說。

「可是現在只有五十五頁耶，」泰瑞說：「這本書好像有點短。」

「或許我們可以問讀者還有沒有其他問題。」我說。

「好主意！」泰瑞說：「我來問。」

「嘿！讀者好！你們還有其他問題嗎？」

泰瑞是金髮嗎？

為什麼安迪這麼懶？

大鼻子先生真的是你們的編輯嗎？

為什麼你們住在書裡？

大鼻子先生本人的鼻子真的很大嗎？

你們是不是失散多年的兄弟？

下一本瘋狂樹屋的主題是什麼？

吉兒真的能和動物說話嗎？

你們為什麼要寫書？

我喜歡雙翼飛機。

為什麼泰瑞有這麼多冰淇淋？

為什麼吉兒不住在農場裡？

你們從什麼時候開始寫書？

為什麼泰瑞這麼好笑？

泰瑞的充氣內衣哪裡買？

下一本瘋狂樹屋什麼時候出？

為什麼吉兒不養更多動物？

可以寫些辣笑話嗎？

為什麼要拿褲子餵鯊魚？

為什麼樹上有這麼多企鵝？

可以為巫婆雞寫一本書嗎？

57

「我聽不懂他們的問題，」泰瑞說：「每個人都同時說話！」

「他們不是在說話，」我說：「他們根本是鬼吼鬼叫！我不知道他們想知道什麼。」

「嗯……」泰瑞說：「我想如果我是讀者，我最想知道的，就是這本書接下來會發生什麼事。」

「我也是。」我說。

「如果有辦法知道就好了。」泰瑞說。

「有辦法，」我說：「我們可以問全知夫人。」

我們回到帳篷裡。

「我就知道你們會回來，」全知夫人說：「你們有另一個問題，對嗎？」

「確實如此！」泰瑞說：「妳可以告訴我們答案嗎？」

「當然可以，」她說：「我可是全知夫人。我知道……這個嘛，我知道你們已經知道我無所不知了，不過說出答案之前，你們必須先問我問題。」

「你可以告訴我們，這本書接下來會發生什麼事嗎？」
我說。

全知夫人看進水晶球裡。

起初是二個人，

然後再多些人。

大忙人滿心期望，

你們將身負大任，

他若失望，你們將悔恨。

我看看泰瑞。
泰瑞看看我。
「我不懂。」泰瑞說。
「我也不懂。」我說。
「還不夠清楚嗎！」全知夫人說。

「妳可以直接告訴我們嗎？」我說。

全知夫人嘆了口氣：「我不能把話說得太白，不能直接告訴你們答案。算命師不能這樣。不過我可以給你們提示——ㄙㄤ ㄙㄠˇ ㄕㄨˇ。」

「呃……是方惱虎…嗎？」我說。

「不，當然不是。」全知夫人說：「才沒有方惱虎這種東西！」

61

「那……當保母呢？」泰瑞說。

「答對了！」全知夫人說。

「當保母？」我說：「我們又沒有小孩。」

「沒錯，」泰瑞說：「我們沒有小孩，要怎麼當保母？」

全知夫人回答：「你們還沒有小孩，不過很快就會有了。現在去接視訊電話吧。有人打來了。」

「才沒有」，我說：「電話根本沒響。」

「哇！」泰瑞説：「你真的什麼都知道！」

「我什麼都知道。」全知夫人説。

第 3 章

小小大鼻子

我們接起視訊電話。是我們的出版社編輯大鼻子先生。

「為什麼這麼久才接電話？」他大吼：「我可是大忙人，知道嗎！」

「我知道。」我說：「真抱歉呀。你想問這本書的進度嗎？」

「不是，」他說：「其實我是打來問你們願不願意當保母……」

泰瑞看著我，我看著泰瑞。全知夫人又說中了！

「我需要你們幫忙照顧我的孫子，」大鼻子先生說：「他們在我和大鼻子太太這裡，但是今晚我們有兩張歌劇《巨鼻爆發》的票。」

「是不是一個每次說謊鼻子就會變長的故事？」泰瑞說：「我愛死那齣戲了！」

阿呆！

「不是，」大鼻子先生說：「那是《木偶奇遇記》，給小孩看的傻故事。我說的可是歌劇，正經的歌劇！你們一定還無法理解《巨鼻爆發》探討的意義，是關於藝術、真理、美，還有爆炸的鼻子……開場的詠嘆調是歌劇史上最具爆發力的一幕。來，我唱給你們聽。」

「噢，安可、安可！」
泰瑞說：「真是餘響繞梁、
高妙絕倫呀！」

「謝謝。」大鼻子
　先生深深一鞠躬。

「嗯哼，大鼻子先生，說到當保母這件事，」我說：「我不確定是好主意。我的意思是，我和泰瑞可能無法勝任。」

「才沒有這回事呢，」大鼻子先生說：「你們兩個不是曾經在猴子之家工作過嗎？搞不好你們輕輕鬆鬆就能勝任呢。」

我和泰瑞在猴子之家工作的模樣。

「對啊，」泰瑞說：「好嘛，安迪，一定會很好玩。再說，能出什麼錯呢？」

「嗯……」我說：「不然來問問讀者吧。」

「好吧，」泰瑞說：「嘿，讀者們，就你們所知，瘋狂樹屋有任何不適合小孩子的地方嗎？」

「他們怎麼說？」泰瑞問。

「不知道，」我說：「他們又同時鬼吼鬼叫。」

「他們說沒問題。」大鼻子先生說：「更重要的是，我也認為沒問題。來，這是我的雙胞胎孫子，他們叫亞貝特和亞莉絲⋯⋯

還有小嬰兒 ── 接好囉！」

「接住了！」泰瑞回答，懷裡抱著小嬰兒。

「接得好！」大鼻子先生說：「你們最好小心照顧他，還有雙胞胎。他們可是大鼻子太太的寶貝金孫。明天午餐前，我要他們平安無虞、好手好腳的回到我的辦公室，還要帶上你們的新書……否則有你們好看！」

「阿公掰掰！」亞貝特和亞莉絲說。

「嘰咕嘰嘎。」小嬰兒說。

然後視訊電話就掛斷了。

76

亞貝特瞪大雙眼，東張西望：「我一直好想參觀你們的樹屋！每一本瘋狂樹屋我都讀過。」

　　「我也是！」亞莉絲說：「我一直想和鼻王決鬥，我現在就要去！」

　　「我要去末日迷宮。」亞貝特說。

　　「我也要，」亞莉絲說：「然後，我要在巧克力瀑布裡邊游泳邊吃午餐！」

「我們可能沒有時間去。」我說。

「我和泰瑞必須寫書。你們聽到阿公說的話了。」

「我知道你們要寫書，」亞莉絲說：「我們玩的時候你們還是可以工作呀。我們已經夠大了，可以照顧自己。我剛滿六歲耶。」

「我也是，」亞貝特說：「我們會很小心的。保證！」

「嘰咕嘰嘎。」小嬰兒也附和。

我轉向泰瑞，問道：「你覺得呢？」

「這個嘛，」泰瑞說：「他們已經六歲了，而且他們保證會注意安全。」

「是啊，」我說：「而且我們必須寫書。我想應該沒問題。」

「耶！」亞貝特從泰瑞懷中搶過小嬰兒。

「這會是有史以來最棒的一天！」亞莉絲邊走邊說。

「太好了，」我說：「小鬼們忙著玩，我們可以趁現在趕快寫書。我不知道之前到底在擔心什麼。當保母實在太容易啦！」

「對呀，」泰瑞說：「比寫書還容易。說到寫書，我們要寫什麼？要問問讀者嗎？」

「不用了，」我說：「他們有點吵。」讀者，我沒有惡意喔（明明就有！）。

「是吉兒。」泰瑞說：「我們可以問她。」

「問我什麼？」吉兒說。

「我們的書該寫些什麼，妳有任何點子嗎？」

「這個嘛，」她說：「今天發生了哪些事呢？」

「沒什麼大事，」我說：「我們去找全知夫人，占卜我們的紅色大按鈕。接著大鼻子先生打電話來，為我們唱了一首歌，歌詞關於一個鼻子爆炸的男人。然後他要我們照顧他的孫子。」

嗨，綿綿！

汪汪！

狗
↓

有蟲蟻！

「真的嗎？」吉兒說：「他要你們照顧小孩？」

「對啊，因為他和大鼻子太太要去看歌劇。」泰瑞說。

「孩子們什麼時候過來？」吉兒問。

「已經到了，」我說：「不過他們去玩了。」

「自己去嗎？」吉兒説。

「不是，他們一起去。」泰瑞説。

「有幾個小孩？」吉兒又問。

「三個，」我説：「亞莉絲和亞貝特，還有個小嬰兒。」

「小嬰兒？」吉兒説：「你們不是要照顧他們嗎？」

「我們又不能整天無時無刻盯著他們。」我説：「我們必須要寫完這本書，如果沒有完成，大鼻子先生會非常生氣。」

「如果他的孫子有個萬一，他會更生氣。」吉兒說。

「但是他們保證會注意安全。」泰瑞說。

「重點不在他們會注意安全，」吉兒說：「重點是他們有可能會出意外。要是他們從樹上掉下去呢？」

「那會很糟糕。」我說。

「或者更糟，」吉兒繼續說道：「如果他們掉進鯊魚池呢？」

「那真的會非常糟糕，」泰瑞擔心的說：「鯊魚今天還沒吃早餐。」

「但是雙胞胎說他們已經夠大了，可以照顧自己。」我說：「他們剛滿六歲。」

「六歲？！」吉兒驚訝的說：「太小了，根本沒辦法照顧自己，更何況還有個小嬰兒。我們一定要趕快找到他們，確保他們平安無事。快走吧！」

我們趕到巧克力瀑布，沒看見孩子。但是顯然他們來過這裡，到處都是小小的巧克力腳印。

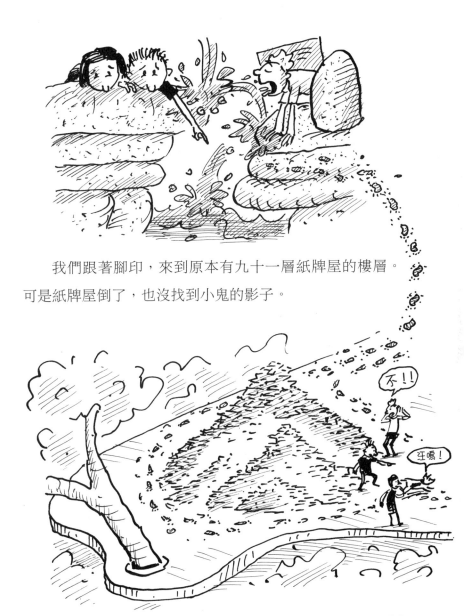

我們跟著腳印，來到原本有九十一層紙牌屋的樓層。可是紙牌屋倒了，也沒找到小鬼的影子。

我們繼續找，在電鋸雜耍樓層找到一隻嬰兒襪（幸好襪子裡面是空的）。

我們轉往冰淇淋店，但是只看到氣得七竅生煙的勺子手愛德華。

「他們全部吃光了！」他揮舞著空空如也的勺子：「連隱形冰淇淋也吃光了。」

「你知道他們往哪裡去嗎？」吉兒問。

「那裡。」他說，用勺子指向鼻王的樓層。

我們趕緊前往鼻王的拳擊場。

但是沒看到小鬼們⋯⋯只有臥倒在地的鼻王。

「哇！」泰瑞驚呼：「一定是他們擊倒了鼻王！」

「可憐的鼻鼻，」吉兒說：「但那些孩子現在又去哪了？」

「我不知道，」我說：「我們應該去問全知夫人。她一定知道。」

我們用最快的速度爬上梯子，抵達全知夫人的樓層。
她正彎身緊盯著水晶球。

「我知道你們會來，」她說：「你們要問什麼？」

「妳知道大鼻子先生的孫子在哪裡嗎？」泰瑞問道。

「我當然知道，」她說：「我知悉萬事，洞見萬物。」

「那他們在哪裡？」我問。

全知夫人望進她的水晶球。

轉啊轉，

再繞啊繞，

就在盡頭，

無人知道（除了我，因為我知曉萬事萬物！）。

我們看看彼此，聳聳肩。

「你可以像上次一樣，給我們一點線索嗎？」泰瑞說：「我們有點趕時間。」

「我就知道，」全知夫人嘆了口氣：「好吧，線索是『圓桌』。」

「他們變成圓桌武士了？」泰瑞說：「但亞莉絲是女生，而且嬰兒還不到當武士的年紀呀！」

「不，你們這些蠢蛋，」全知夫人說：「答案和圓桌押韻！」

「呃……黏搓？」我說。

「不，沒有那種東西。」全知夫人說。

「呃……是不是……漩渦？」
吉兒說。

「沒錯！」全知夫人說：「我
就知道妳會知道。」

「妳是說我們的漩渦嗎？」泰瑞問。

「是的！」全知夫人說。

「但那是全世界威力最強大的漩渦！」我說：「完完全全不適合放小孩進去！」

「我知道！」全知夫人說。

「糟了！」我說。

「快，」吉兒說：「不能再浪費時間了。要在他們掉進去之前趕到那裡！」

「太遲了，」全知夫人說：「已經掉進去了。」

第 4 章
一路轉到底

　　我們抵達漩渦，全知夫人又說中了！大鼻子先生的孫子正在漩渦裡轉個不停，隨著渦流，愈來愈靠近中心。

「我的天啊！」吉兒説：「這些小孩正深陷險境！要怎麼關掉這個東西？」

「沒辦法關掉，」泰瑞説：「這是全世界威力最強大的漩渦，任何人都無法停下它。」

「快看！」亞莉絲說：「我們在漩渦裡！」

「我看到了。」我說：「不過你們現在該出來了。」

「為什麼？」亞貝特說：「這個回合還沒結束呢。」

「這可沒有什麼回合，」我說：「這是個非常非常危險的漩渦。」

「他們快被捲進中心了！快點把他們弄出來！」吉
兒說。

　　「趕快拉他們上來。」我說。

　　我們接近漩渦邊緣，倚著欄干，冒險伸出上半身，試
圖將他們拉上來。

　　「抓不到！」亞莉絲一邊大笑一邊歡呼，隨著渦流掠
過我們面前。

「再試試看！」我説：「泰瑞，抓緊我，讓我更往前一點。」

「好。」泰瑞説。他抓住我的雙腿，讓我伸向漩渦。

我朝孩子們一陣猛撲亂抓，但還是碰不到他們。

「抓不到我！」亞莉絲説。

「抓不到我！」亞貝特説。

「泰瑞，我必須再靠近一點！」我說。

「吉兒！」泰瑞說：「你抓住我，讓我更往前。」

現在我真的離他們很近了。當他們再度轉過來，我一手抓住亞莉絲，一手拎起亞貝特 —— 他手上還抱著小嬰兒。

「抓到你們了！」我大叫：「泰瑞，拉我上去！」

「吉兒！」泰瑞說：「他抓住他們了！拉我上去！」

「正在拉！」吉兒說：「但是我快要抓不住啦！」

「我也是！」泰瑞說。

「糟了！」我說。

我們全都掉進漩渦了……

轉啊轉……

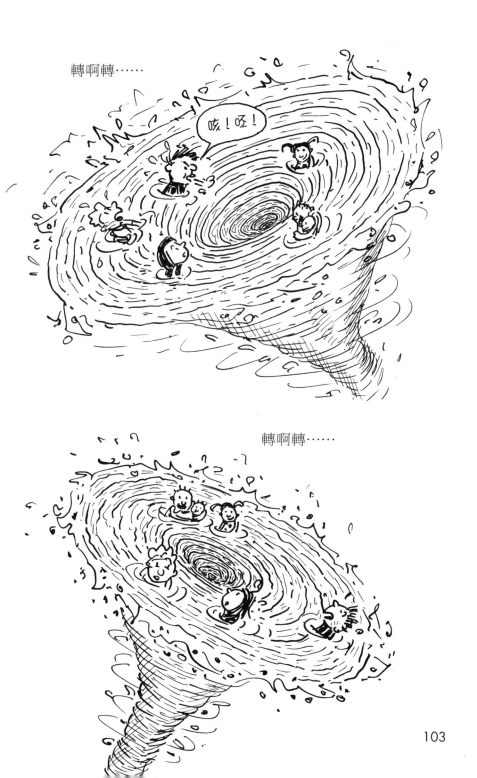

轉啊轉……

繼續轉……

轉轉轉……

104

不停的轉……

轉轉轉‥‥

……直到我們被吸進漩渦底部，
不再隨著渦流轉動，開始下沉！

下沉量尺

1000	里格
2000	里格
3000	里格
4000	里格
5000	里格
6000	里格
7000	里格
8000	里格
9000	里格
10000	里格
11000	里格
12000	里格
13000	里格
14000	里格
15000	里格
16000	里格
17000	里格
18000	里格
19000	里格
20000	里格

往下沉……

下沉量尺

1000	里格
2000	里格
3000	里格 ←
4000	里格
5000	里格
6000	里格
7000	里格
8000	里格
9000	里格
10000	里格
11000	里格
12000	里格
13000	里格
14000	里格
15000	里格
16000	里格
17000	里格
18000	里格
19000	里格
20000	里格

再往下沉……

下沉量尺

1000	里 格
2000	里 格
3000	里 格
4000	里 格
➤ 5000	里 格
6000	里 格
7000	里 格
8000	里 格
9000	里 格
10000	里 格
11000	里 格
12000	里 格
13000	里 格
14000	里 格
15000	里 格
16000	里 格
17000	里 格
18000	里 格
19000	里 格
20000	里 格

不斷下沉……

下沉量尺

1000	里格
2000	里格
3000	里格
4000	里格
5000	里格
6000	里格
7000	里格
8000	里格
9000	里格
10000	里格
11000	里格
12000	里格
13000	里格
14000	里格
15000	里格
16000	里格
17000	里格
18000	里格
19000	里格
20000	里格

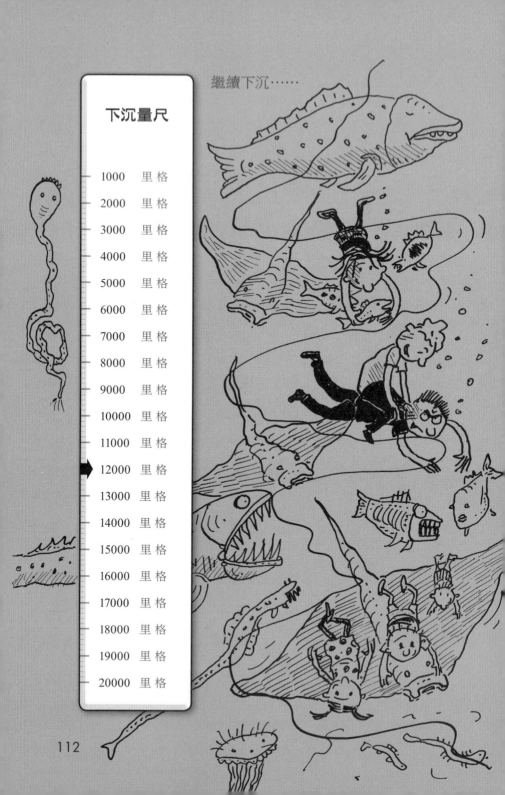

繼續下沉⋯⋯

下沉量尺

1000	里格
2000	里格
3000	里格
4000	里格
5000	里格
6000	里格
7000	里格
8000	里格
9000	里格
10000	里格
11000	里格
12000	里格
13000	里格
14000	里格
15000	里格
16000	里格
17000	里格
18000	里格
19000	里格
20000	里格

依然繼續下沉……

下沉量尺

1000	里格
2000	里格
3000	里格
4000	里格
5000	里格
6000	里格
7000	里格
8000	里格
9000	里格
10000	里格
11000	里格
12000	里格
13000	里格
14000	里格
15000	里格
16000	里格
17000	里格
18000	里格
19000	里格
20000	里格

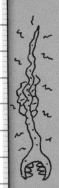

113

下沉量尺

1000	里格
2000	里格
3000	里格
4000	里格
5000	里格
6000	里格
7000	里格
8000	里格
9000	里格
10000	里格
11000	里格
12000	里格
13000	里格
14000	里格
15000	里格
16000	里格
17000	里格
18000	里格
19000	里格
20000	里格

……直到我們撞到軟軟的沙子，
沉到再也不能往下沉為止。

第 5 章

海底兩萬哩

　　不得不說海底實在不錯，尤其如果你喜歡「ㄏ」開頭的東西。這裡有海馬、海星、魟魚、海沙、海底沉船，還有寫著「海底兩萬哩」的海底指標。或許我猜錯了，不過除非我錯得離譜（而且我想可能性不大），我們似乎真的身處⋯⋯

海底兩萬哩！！！

　　如同我剛剛説的，海底相當不錯。唯一的問題是，我不認為自己可以憋氣這麼久。

不過我並不擔心，因為我有個計畫。這個嘛，我的「計畫」指的是潛艇堡。而我說的潛艇堡可是一架潛水艇。

是的，你沒看錯。我從我們的潛艇堡專賣店買了一個潛艇堡。你們可能還不知道，這些潛艇堡不只外觀像潛水艇，功能也和潛水艇一模一樣！來看看吧！

潛艇堡剖面圖

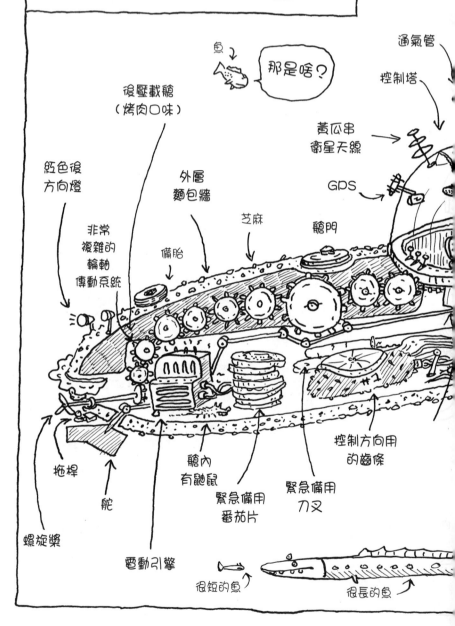

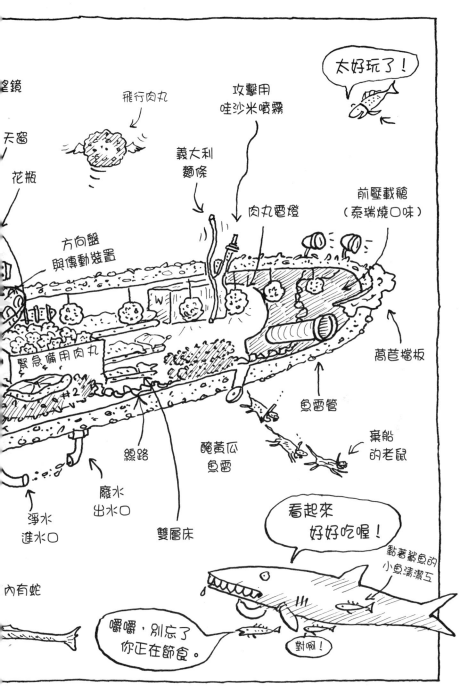

大家一起爬進潛艇堡裡，我率先前往控制艙。

其他人尾隨在後……

我將航程設定前往水平面，也就是上方兩萬哩。

　　「謝啦，安迪。」泰瑞說：「你的潛艇堡救了我們大家！」

「確實如此。」吉兒說：「你在哪裡買的？」

「當然是樹屋上的的潛艇堡專賣店啦！」我解釋道：
「那裡賣的潛艇堡大到我得花好幾個禮拜才吃得完。所以
我放在口袋裡，餓了就拿出來 —— 或是來到水底下的時
候。」

「真是讓人感到又噁心又開心。」吉兒説。

「我也很開心，」安迪説：「我一直很想搭搭看潛水艇。」

「我一直很想搭搭看潛艇堡。」亞莉絲接著説。

「嘰咕嘰嘎。」嬰兒也附和。

「這讓我想到那首歌，」泰瑞説：「你知道嘛，那首關於潛艇堡的歌！」

　　「你是説……瘋狂搖擺潛艇堡嗎？」我説。

　　「不是。」泰瑞説。

　　「一閃一閃潛艇堡？」我又説。

　　「不是，也不是那首。」泰瑞説。

　　「是不是……我們都住在黃色潛艇堡裡？」吉兒説：「這首歌一向是十大經典潛艇堡歌曲排行榜第一名。」

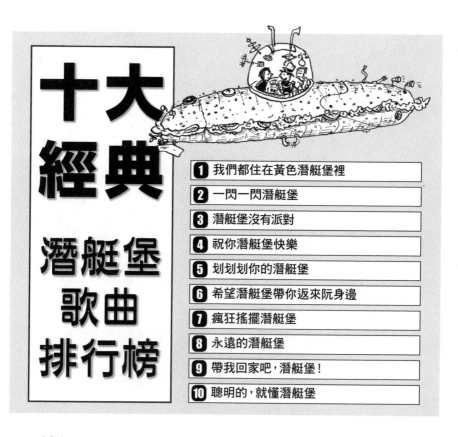

十大經典
潛艇堡
歌曲
排行榜

1. 我們都住在黃色潛艇堡裡
2. 一閃一閃潛艇堡
3. 潛艇堡沒有派對
4. 祝你潛艇堡快樂
5. 划划划你的潛艇堡
6. 希望潛艇堡帶你返來阮身邊
7. 瘋狂搖擺潛艇堡
8. 永遠的潛艇堡
9. 帶我回家吧，潛艇堡！
10. 聰明的，就懂潛艇堡

「沒錯！就是那首！」泰瑞說：「怎麼唱？」

「像這樣！」吉兒開始唱起歌：「我們都住在黃色潛艇堡裡，

　　黃色潛艇堡，

　　黃色潛艇堡……」

我們其他人也一起跟著唱：

「我們都住在黃色潛艇堡裡，

　黃色潛艇堡，

　黃色潛艇堡……」

那天，
我們搭乘潛艇堡在海底航行，
唱著一首住在黃色潛艇堡
的歌曲。

上升量尺

1000	里格
2000	里格
3000	里格
4000	里格
5000	里格
6000	里格
7000	里格
8000	里格
9000	里格
10000	里格
11000	里格
12000	里格
13000	里格
14000	里格
15000	里格
16000	里格
17000	里格
18000	里格
19000	里格
20000	里格

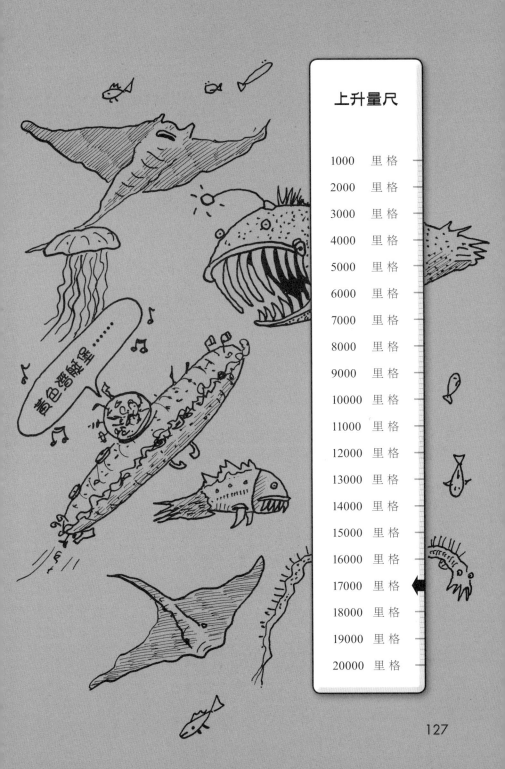

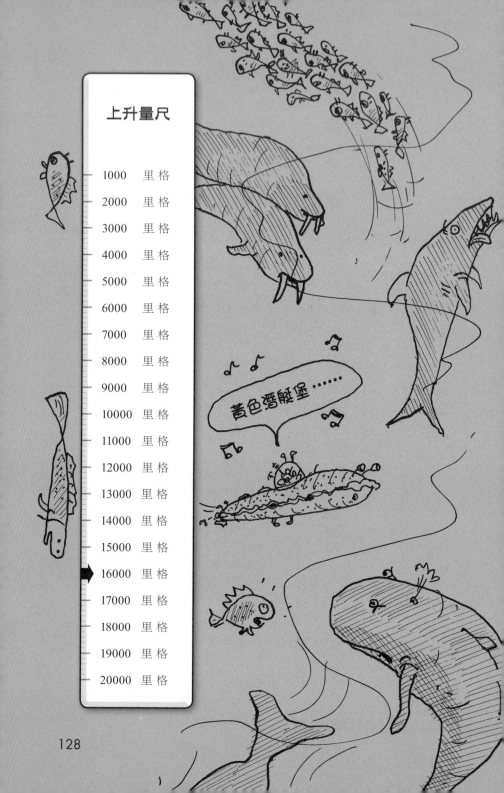

上升量尺

- 1000 里格
- 2000 里格
- 3000 里格
- 4000 里格
- 5000 里格
- 6000 里格
- 7000 里格
- 8000 里格
- 9000 里格
- 10000 里格
- 11000 里格
- 12000 里格
- 13000 里格
- 14000 里格
- 15000 里格
- 16000 里格
- 17000 里格
- 18000 里格
- 19000 里格
- 20000 里格

黄色潜艇堡……

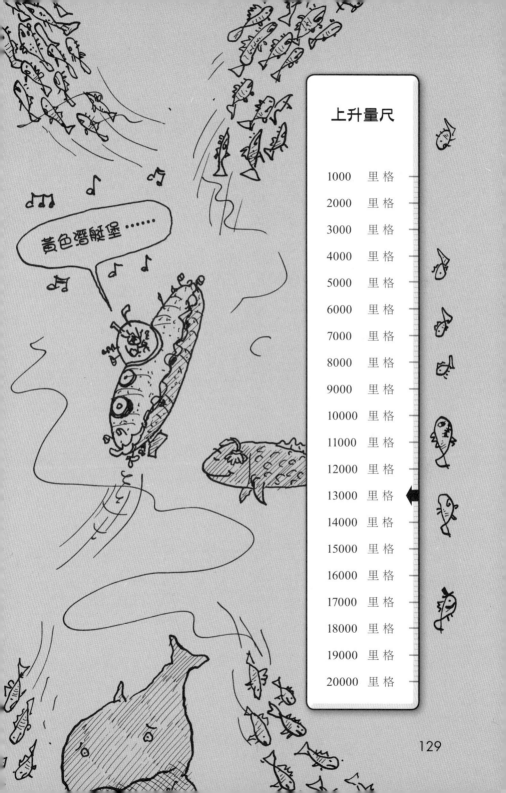

129

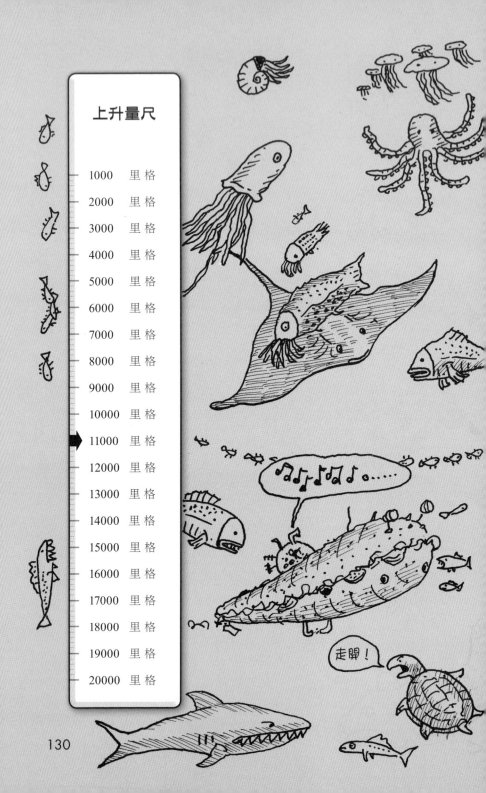

上升量尺

1000 里格
2000 里格
3000 里格
4000 里格
5000 里格
6000 里格
7000 里格
8000 里格
9000 里格
10000 里格
11000 里格
12000 里格
13000 里格
14000 里格
15000 里格
16000 里格
17000 里格
18000 里格
19000 里格
20000 里格

上升量尺

1000	里 格
2000	里 格
3000	里 格
4000	里 格
5000	里 格
6000	里 格
7000	里 格
8000	里 格
9000	里 格
10000	里 格
11000	里 格
12000	里 格
13000	里 格
14000	里 格
15000	里 格
16000	里 格
17000	里 格
18000	里 格
19000	里 格
20000	里 格

「嘿，安迪，」泰瑞說：「這趟航行真的很好玩，我沒什麼好抱怨的，不過這裡愈來愈溼軟了！我的腳都陷進地板裡啦！」

「我的也是。」吉兒說。

「一定是潛艇堡進水了。」我說：「但我不知道這是怎麼回事。潛艇堡的麵包應該是百分之百防水的呀。」

「我發現原因了。」吉兒指著下層甲板說：「那幾個孩子正在吃潛艇堡！」

「嘿，不准吃！」我説。

「但是我們肚子餓了。」亞莉絲説。

「這個超好吃耶！」亞貝特説。

「我知道，」我説：「但這也是一艘潛水艇，而且我們正坐在裡面航行！難道你們不知道嗎！」

「他們不知道。」吉兒説：「小孩就是愛吃不該吃的東西。我們最好趕快穿上救生衣。救生衣放在哪裡？」

「應該沒有救生衣。」我說。

「那救生艇呢？」吉兒說：「潛艇堡上有救生艇嗎？」

「沒有。」我說：「應該沒有。」

「難道這裡沒有任何救生器材嗎？」吉兒說。

「有救生醃黃瓜！」泰瑞拿出一罐醃黃瓜。

　　「那到底有什麼用？」吉兒說：「沒人喜歡醃黃瓜，都會從三明治裡挑出來丟掉。」

「泰瑞，你的自動充氣救生內褲呢？」亞貝特問：「你穿在身上嗎？」

「正好穿著呢！」泰瑞說。

「那你掉進漩渦的時候，它怎麼沒有充氣？」我說。

「因為我沒打開啊。」泰瑞說：「沒事就充氣的內褲經常讓我覺得有點尷尬，所以先關掉了。」

以下是泰瑞的自動充氣內褲
在尷尬的情況下充氣的幾個
（其實是很多個）例子：

「你現在能啟動內褲嗎？」我說。

「可以，」泰瑞說：「我可以手動操作。」

「那我們還在等什麼？」我說：「大家快抓緊泰瑞。
我們馬上要浮上水面了。」

我們全都牢牢抓著泰瑞。

「大家準備好了嗎？」他問。

我們全都點點頭。

「好囉，」他說：「準備出發——三、二、一，噴射！」

哗哗哗！

這趟航程真是顛簸猛烈，一坐上泰瑞有如救生艇的自動充氣救生內褲，才短短幾秒鐘，我們全都浮上了海面。

「耶！」亞莉絲說：「好好玩啊！」

「再來一次！」亞貝特說。

「不准！」我說：「我們最好趕快開始划。」

「但是我們沒地方可去啊。」亞莉絲說。

「有！」吉兒說：「快看，那裡！一座無人島！」

「太棒啦！」亞貝特說：「我最愛無人島了！」

「我也是！」泰瑞說。

「嘰咕嘰嘎。」小嬰兒也附和。

第 6 章
受困無人島

　　我們不停的划，直到抵達小島。我跳下淺灘，將其他人拖到安全的海灘上。

「泰瑞，謝啦。」我說：「你救了我們一命！」

「不用謝我，」泰瑞說：「謝我的內褲吧。」

「泰瑞的內褲，謝啦。」我說。

「不客氣。」泰瑞尖著嗓子回答，我猜他在模仿他的內褲說話。

「我們現在該怎麼辦？」亞莉絲說。

「就是受困了。」我說：「就這樣！」

「要做什麼？」亞貝特問。

「很簡單！」我說：「坐在無人島上，沒水、沒食物、沒地圖，也沒辦法回到樹屋。」

「聽起來有點無聊。」亞貝特說：「為什麼不讓那艘船來救我們？」

「哪艘船？」我說。

「那艘呀！」亞貝特指著海平面說。

亞貝特說得沒錯。的確有一艘船。一艘大船。

　　我們全都跳上跳下，大聲喊叫並揮舞雙手，活像跳舞充氣管狀人偶慶典上的一群跳舞充氣管狀人偶。

「船沒有停！」泰瑞説。

「也許船上的人看不見我們。」吉兒説：「我們必須生火，用煙發出求救信號！」

我們搜集漂流木，找到漂流火柴，生起漂流火。

我扯下最大片的棕櫚葉，放在火上悶住火焰，然後再移開葉片，隨即冒出一團濃煙，飄向天空。但是船仍然沒有停下來。

「沒有用，」吉兒說：「他們可能以為我們只是在烤肉。讓我試試發出求救信號！」我把樹葉遞給吉兒，她製造出三小團濃煙，拼出「SOS」的信號。

「換我試試。」泰瑞接過樹葉。

他朝火焰搧風，天空飄滿圓滾滾的濃煙塗鴉。

「泰瑞，」我說：「就算看到這些塗鴉，那艘船怎麼知道要來救我們？」

「我哪知，」泰瑞聳聳肩。「我只是想要畫煙霧塗鴉嘛，我畫得很不錯吧。」

「給我拿來。」我搶過他手上的棕櫚葉，沒時間了，我摀了新的訊號，保證一看就懂的那種。

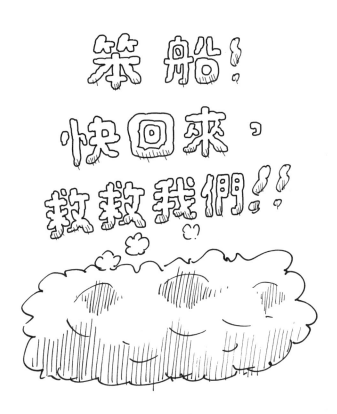

多麼簡單易懂的信號呀。不過，煙霧太濃了，濃到我們什麼都看不清楚啦。

那天，我們受困無人島，
試圖向遠方經過的船……
發出濃煙求救信號，

但是我們製造太多濃煙…
多到籠罩整座島，
嗆得我們幾乎不能呼吸。

等到濃煙散去，早已不見那艘船的影子了。

「你真是出了餿主意。」我說：「你以為他們看到
了……或至少聞到……這團煙嗎。」

「嘿，」泰瑞說：「快看，我在沙子裡找到一個老
茶壺。」

「那不是茶壺，」吉兒說：「那應該是某個古老的神燈，摩擦幾下，就會冒出精靈，他會給你三個願望。」

「太酷了！」泰瑞說：「我來試試。」

泰瑞摩擦了神燈，一陣煙從壺嘴噴湧而出。

「喔不！別又是煙！」亞莉絲說。

「別緊張，」我說：「這些是好煙。這可是神奇精靈的煙！」

果不其然，

濃煙呀濃煙，

化身為一位

精靈！

「謝謝你們，將我從監禁中釋放出來。」精靈説：「為了報答你們，我將答應你們三個願望。」

「太棒啦！」我説：「我們都要許願離開這座島！」

「不要！」亞貝特説：「我想要棒棒糖。我許願要一根棒棒糖！」

「如你所願。」精靈説。

「不行，住口！」我説，但已經來不及了。

「一根棒棒糖！」精靈變出一根超大棒棒糖，交給亞貝特。

「嘿，」亞莉絲說：「為什麼亞貝特有棒棒糖，但是我沒有？我許願……」

「不！」我說：「別再要棒棒糖了！」

「……我也要一根棒棒糖！」亞莉絲說。

「如妳所願。」精靈說。祂變出一根超大的彩虹圈圈棒棒糖，拿給亞莉絲。

「好了，夠了！」我大吼：「誰都不准再許願要棒棒糖！」

「不公平！」泰瑞說：「他們都有棒棒糖！我也想要棒棒糖！」

精靈聳聳肩，說道：「這是最後一個願望，如你所願。」祂將一根和盤子一樣大的棒棒糖塞進泰瑞手中：「再見啦，蠢蛋們！」

「等等！」我大叫：「我們可以再許一個願嗎？」

「不可能，」精靈說：「願望用完了，而且我要離開這裡了。」

「我許願你不要走。」我說。

不過沒有用——精靈消失了。

「你們這群棒棒糖瘋子！」我說：「願望都被你們浪費在棒棒糖上了，而我們仍然困在這座島上！」

「安迪，往好處想，」泰瑞說：「雖然我們困在島上，不過至少我們都有棒棒糖。」

「我沒有棒棒糖呀。」我說。

「我也沒有。」吉兒說。

「沒關係，」泰瑞遞上他的棒棒糖：「你們可以吃我的啊。」

「嘿，那也是精靈的神燈嗎？」亞貝特指著水中某樣東西說。

隨著那樣東西漂近，我說：「不是，那只是一個普通的空瓶子。」

「太悲哀了。」吉兒說：「即使在這麼偏遠的地方，還是有垃圾。」

　　「等等，」我說：「這不是普通的垃圾。我們可以靠著這個空瓶子離開這座島。」

　　「是嗎？」吉兒說。

　　「是呀，」我說：「我們可以寫一封信放進瓶子裡！困在荒島上的人都是這麼做的！」

　　「你是指『瓶中信』嗎？」泰瑞說：「我最喜歡瓶中信的瓶子了！」

　　「我也是！」亞莉絲說。

　　「我也是！」亞貝特也說。

「也算我一份。」我抓起一張漂流紙和一支漂流鉛筆，開始寫一封漂流信。

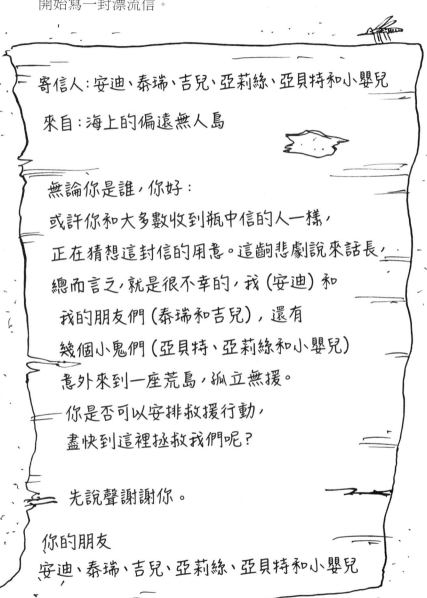

寄信人：安迪、泰瑞、吉兒、亞莉絲、亞貝特和小嬰兒

來自：海上的偏遠無人島

無論你是誰，你好：

或許你和大多數收到瓶中信的人一樣，

正在猜想這封信的用意。這齣悲劇說來話長，

總而言之，就是很不幸的，我（安迪）和

我的朋友們（泰瑞和吉兒），還有

幾個小鬼們（亞貝特、亞莉絲和小嬰兒）

意外來到一座荒島，孤立無援。

你是否可以安排救援行動，

盡快到這裡拯救我們呢？

先說聲謝謝你。

你的朋友

安迪、泰瑞、吉兒、亞莉絲、亞貝特和小嬰兒

我將信紙捲起塞入瓶中，然後交給泰瑞。他用漂流軟木塞塞緊瓶口，以最大的力氣將瓶子遠遠扔進水裡，然後我們立刻開始等待回音。

我們等待……

繼續等……

等呀等……

直到最後，感覺好像等了幾百萬頁，但事實上只有一頁半，我們看到一個瓶子漂向我們。

　　「嘿，你們看！」泰瑞說：「是瓶中信！」

　　「耶！」亞貝特說。

　　泰瑞跑向海中，撈起瓶子。

　　「好興奮呀！」吉兒說：「你們覺得是誰寄的？」

　　「當然是發現我們瓶中信的人！」我說：「也許信上寫著所有救援的細節。」

泰瑞拔起軟木塞，倒出信紙。

「這是來自一群與我們同病相憐的人。」他說：「名字和所有細節都一樣——他們也困在無人島上耶！」

「泰瑞。」我說。

「等等，」安迪繼續說：「我還沒讀完信。信上說他們需要幫助。」

「我知道。」我說。

「你怎麼知道？」

「因為那是我們寫的！」我說：「那是我們的瓶子和我們的信！它只是又漂回來了！」

「嗯……」吉兒想了想，然後她說：「或許瓶子漂走又漂回來，是因為這座無人島是你們的無人島？」

「我們的無人島？什麼意思？」我說。

「你們在瘋狂樹屋新蓋的無人島樓層啊。」吉兒說。

「對耶，」我說：「我都忘記了。」

「有個簡單的方法可以確認我們身在何處。」吉兒說：「我們可以爬到那棵樹上，眺望四周。」

哪裡？

到了

我們

猜猜

樹，

上

爬

我們

因此

真的是我們的無人島！
原來我們一直都在樹屋上！

泰瑞攀上藤蔓，掛在我們上頭：「抓住這個，」
他說：「我們就可以盪到下一層樓。」

「咿咿咿唷！」我們盪過空中時，亞莉絲尖叫。

「我最喜歡藤蔓鞦韆了！」亞貝特說。

「勾！嘰咕嘎！」小嬰兒說。

我們降落在廚房。

「很高興大家再度平安無事。」吉兒說：「我現在必須回去餵我家的動物，但我會盡快回來幫你們照顧小孩。這段期間，一定要盯緊亞莉絲、亞貝特和小嬰兒。還有，無論你們做什麼，都不要讓他們離開視線！」

　　「吉兒，別擔心。」我說：「我們學到教訓了：我要做一張保母輪班表，這樣就能確認我們其中一人一定會隨時看著他們。」

　　「好主意。」吉兒說：「晚點見。」

「你們做輪班表的時候，我們要做什麼？」亞莉絲問道。

「這裡有一張我之前準備的數字著色遊戲。」泰瑞説。

「耶！」亞貝特説：「我最喜歡著色了！」

小鬼們開始著色，泰瑞和我則開始做輪班表（親愛的讀者，如果你也想著色的話，請用）。

「我們應該輪流照顧孩子。」我說：「不然我先看五分鐘，接著我休息十分鐘，我休息的時候輪到你照顧他們十分鐘，然後你休息五分鐘，我們就照這樣重複，直到結束。」

「這不公平，」泰瑞說：「你只要照顧五分鐘就可以休息十分鐘，我照顧十分鐘卻只能休息五分鐘。」

「喔，抱歉，」我說：「是我的錯。不然，我們各工作五分鐘、休息十分鐘如何？」

175

「這樣比第一個班表好，而且比較公平，」泰瑞說：「可是這樣一來，我們就沒有時間在一起了。」

「嗯……」我說：「我想想。我知道了！也許我們可以先一起照顧五分鐘，然後我們就可以一起休息十分鐘了。」

「完美！」泰瑞說：「安迪，你真的很擅長排班表。」

「謝啦，」我說：「現在就開始吧！」

「小鬼們！」泰瑞說：「安迪排了很棒的輪班表。我們要開始照顧你們了……呃，小鬼們？小鬼們？安迪，他們不見了！」

「噢不！」我說：「又來了！如果他們乖乖等我們排好輪班表就不會這樣了！這次我們直接去找全知夫人，得在他們再度陷入麻煩之前找到他們。」

我們以最快的速度爬樹，衝進全知夫人的帳篷。

「啊哈，」她說：「我就知道……」

「沒時間了！」我說：「請告訴我們，小鬼們在哪裡，如果可以跳過撲朔迷離的押韻詩，我們會非常感謝妳。我們有點趕時間。」

「我知道了。」全知夫人嘆了口氣。

我知道你們沒時間。

但我總要做首詩先。

這就是你們的線索：

ㄅㄨㄣˋ ㄙㄜˋ ㄙㄢˊ── 好臭！

「ㄅㄛˋㄅㄛˋ
　ㄙㄢ？」我説。

「不是。」她説。

「ㄈㄛˋㄅㄛˋ
　ㄙㄢ？」泰瑞説。

「不是。」她説。

「ㄕㄜˋㄅㄛˋㄙㄢ？」我又説。

「我的老天爺呀，」她説：「是垃圾山的台語！你們這些笨瓜！小鬼們在垃圾堆裡！」

第 7 章

衣櫥裡的世界

　　泰瑞和我趕到垃圾山，開始往上爬。

　　「我最愛垃圾山了，」泰瑞說：「你永遠不知道會在裡面找到什麼。」

　　「希望我們可以找到大鼻子先生的孫子。」我說：「這是我們來這裡的目的，你沒忘記吧？」

「對耶！」泰瑞說：「我忘記了。嘿，看我找到什麼！一面獎牌！上面寫著全世界最棒的 DA。」

「DA 是什麼？」

「不知道，」泰瑞把獎牌掛在脖子上：「但不管是什麼，我都是全世界最棒的！」

「泰瑞，恭喜你，」我說：「不過要是你沒找到那些小鬼，你就會是死掉的 DA。」

「安迪，你說到重點了。」泰瑞喊：「亞莉絲！亞貝特！你們在哪裡？」

我看到一張小臉從垃圾堆裡探出來。

「泰瑞！」我叫道：「我找到小嬰兒了！」

我翻開垃圾，抓緊並拉出小嬰兒。

但那不是小嬰兒！是有可愛臉的電話小火車。

「那不是小嬰兒！」泰瑞說。

「我現在知道了！」我說：「但是它埋在垃圾堆裡，看起來很像小嬰兒嘛，我只看見它可愛的小臉蛋。」

「別在意。」泰瑞說：「往好處想，至少你得到一個有可愛臉的電話小火車啦。」

「對呀，」我說：「而且你看，拉著走的時候，它的眼睛還會上下動呢。」

「真是太酷啦！」泰瑞說。

「你聽，」我說：「它還會響呢。」

「我覺得你應該接這通電話。」泰瑞說。

我拿起話筒。

「哈囉，是安迪嗎？」一個聲音說道。

「我就是。」我說：「請問你是誰？」

「我是大鼻子太太。」那個聲音
說：「現在是歌劇的中場休息，
所以我想趁這個時候看看孩子們
是否還好。一切都順利嗎？」

「呃⋯⋯很好。」我說：「非常好。非常、非常、非常好。」

「我可以和他們說説話嗎？」
　大鼻子太太問。

「這個嘛，呃⋯⋯嗯⋯⋯
不行。」我說：「現在不行。」

「不行？」她説：「為什麼
　不行？」

「這個嘛⋯⋯因為⋯⋯呃⋯⋯
我們正在玩捉迷藏，
現在輪到他們躲起來了。」

188

「噢，好可愛呀，」大鼻子太太說：「那我就不打擾他們了。我知道他們非常喜歡玩捉迷藏。看起來你們倆做得不錯。給你們一個小提示——他們最愛躲在衣櫥裡面啦。再見囉。」

「是誰啊？」泰瑞說。

「大鼻子太太。」我說：「她只是打來看看小鬼們是否一切都好，她說他們最喜歡躲在衣櫥裡。」

「就是那裡！」泰瑞說：「垃圾山最上面有一個衣櫥。快！」

我們急忙用最快的速度爬到垃圾山頂端。衣櫥裡傳來笑聲。

「他們一定在裡面！」泰瑞說。

「抓到你們啦！」我猛然打開衣櫥門。但是沒抓到他們，因為他們不在裡面。衣櫥是空的。

「我沒看到他們，」泰瑞說：「不過我還是聽得見他們的聲音。太奇怪了。」

「我知道發生什麼事了。」我說：「這不是普通的衣櫥。這是故事書衣櫥。極有可能是前往另一個世界的通道門，就像《獅子・女巫・魔衣櫥》裡通往納尼亞的衣櫥。」

「我最愛通道門啦！」泰瑞邊說邊爬進衣櫥：「我們走吧！」

　　我跟著泰瑞進入魔法衣櫥，後頭拉著我剛得到的可愛臉電話小火車。

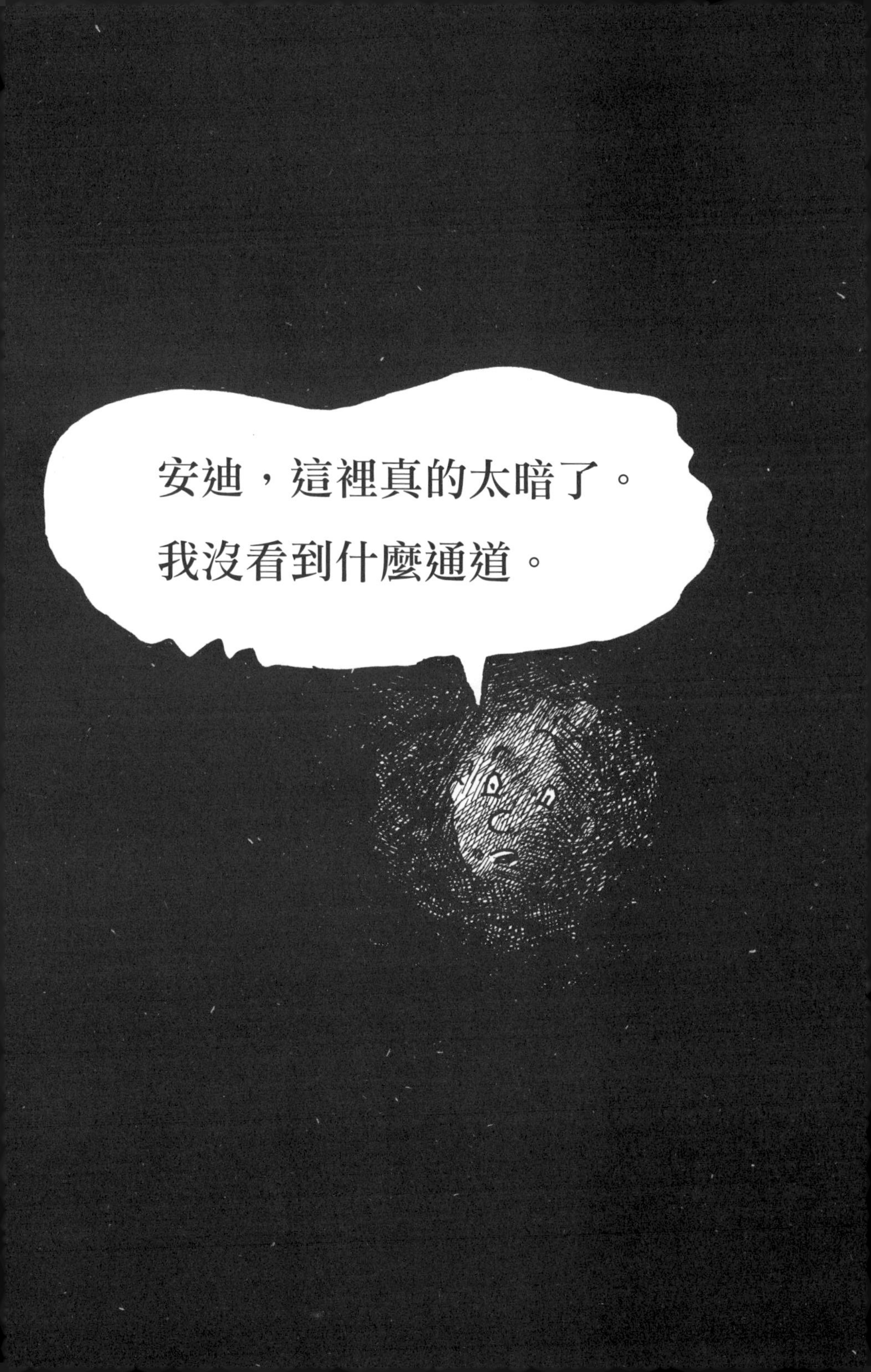
安迪，這裡真的太暗了。
我沒看到什麼通道。

195

「這地方太瘋狂了！」泰瑞說。

「對呀。」我說：「一點也不像納尼亞，應該叫狂尼亞。」

「你說得沒錯。」泰瑞說：「這裡有飛天烤麵包機，還有會走路的汽車。快看，亞莉絲和亞貝特還有小嬰兒在那裡，他們正在騎……呃，我不知道那叫什麼，總之他們騎在上面。」

「快回來！」我大叫：「給我從那些不知道什麼東西下來。如果你們發生任何意外，我和泰瑞就有大麻煩了。」

「可是我們玩得正開心耶！」亞莉絲大叫回答。

「對啊！」亞貝特也叫道：「來抓我們啊！」

「嘰咕嘰嘎！」嬰兒也附和，他們加速愈跑愈遠。

我和泰瑞一人抓住一隻不知道什麼東西，
騎上去，緊追在他們後面。

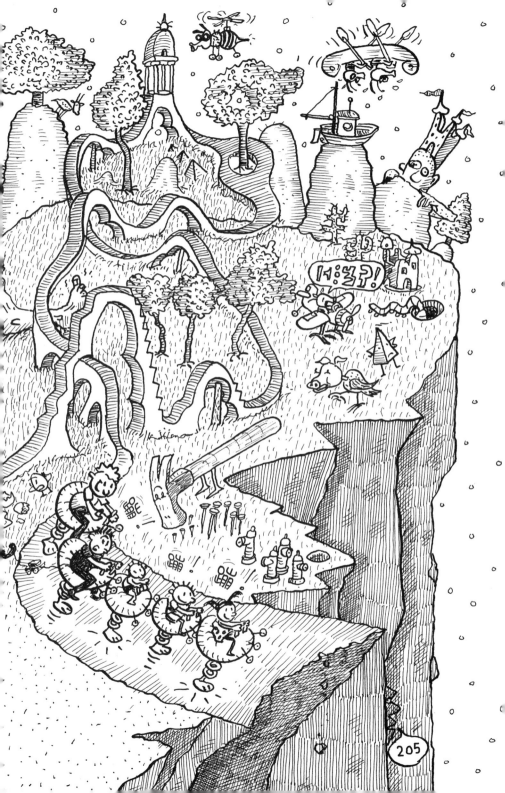

小鬼們說得沒錯。這個東西真是太好玩了，我們全都一直跳到了懸崖邊緣，才停下來。

我們騎的不知道叫什麼的東西停下來了……但是我們沒有。我們被甩出懸崖邊緣。

糟了！

我們全都往下掉落……

一直往下……

繼續往下……

第 8 章

小心間諜豬

「安迪，我們現在該怎麼辦？」泰瑞問。

「準備墜毀。」我說。

「聽起來好痛。」泰瑞說。

「有更好的主意嗎？」我說。

「拍拍你們的手臂。」亞貝特大叫。

「沒錯。」亞莉絲說：「看，我們會飛耶！」

我往上看。果真如此 —— 小鬼們正在飛！

我和泰瑞也開始拍拍手臂……

我們立刻停止墜落……飛了起來！

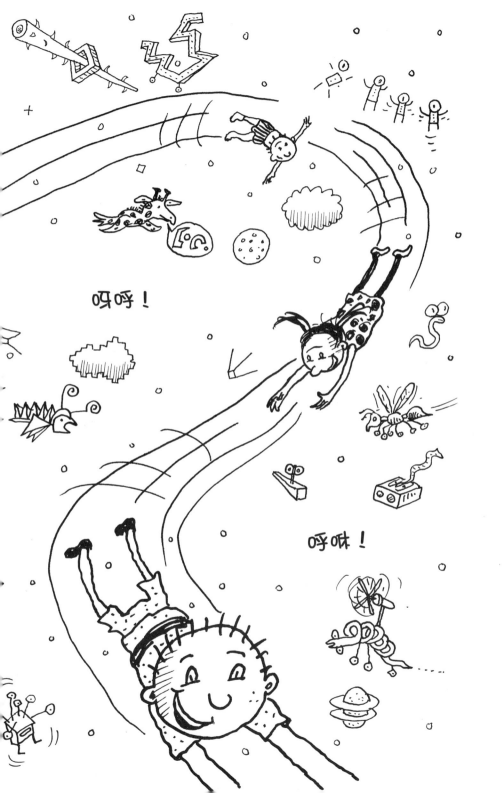

「飛行真是太好玩了！」亞莉絲說：「從空中能看到一切！」

「我可以看到這個叫什麼的！」亞貝特說。

「那裡有那個叫什麼的！」泰瑞說。

「我看見一個在旋轉的東西！」我說：「它轉轉轉轉
不停，而且正朝我們這裡來！」

「太棒了，」亞莉絲說：「會轉的東西最好玩了！」

「這我不太確定。」我說：「不是任何會轉的東西都很好玩。這個看起來是危險的那種，會撞斷樹木、拔起房子、把人捲飛，這叫⋯⋯呃⋯⋯我想不起來這叫什麼，不過應該是龍什麼的。」

「火龍果？」泰瑞說。

「對啦！」我說：「就是火龍果！它正往我們這裡來！」

「那不是火龍果！」亞貝特說：「那是龍捲風！」

「好險。」泰瑞說：「我還以為我們有麻煩了。」

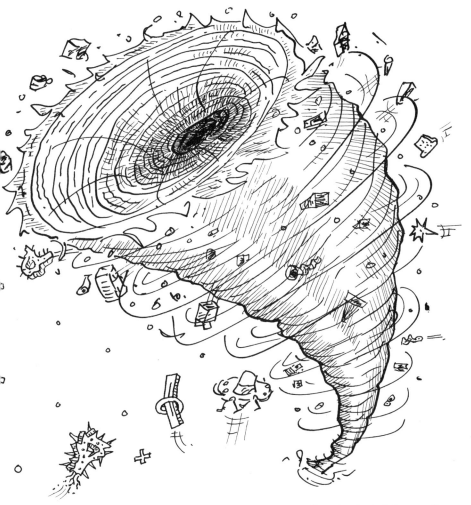

「我們的確有麻煩了！」我說：「超級大麻煩 —— 我們完蛋了！」

我們全被捲入火龍果中，高速旋轉，轉得頭昏眼花，然後被拋到空中，飛了好遠，最後掉在一張輕柔的網子上。

網子有點黏黏的，因此我們很難移動身體，不過比在火龍果裡面轉個不停舒服多了。

網子裡有個巨大的黑影，有很多隻腳，而且毛絨絨的。

我很確定這個東西叫什麼。這是⋯⋯是⋯⋯

「間諜豬！」泰瑞説。

「哪裡？」我説。

「在那裡！」泰瑞指著巨大的黑影。

「那不叫間諜豬，那是蜘蛛！」亞莉絲説。

「沒錯！那是蜘蛛！」我説：「我們困在巨無霸蜘蛛
網了！」

「怎麼辦？」泰瑞問。

「打電話給吉兒，」亞貝特說：「你們每次遇上麻煩都那麼做，尤其是和動物有關的麻煩。」

「吉兒是誰？」我說。

「她是你的朋友，」亞莉絲說：「就住在你們隔壁。」

「是嗎？」我說：「沒聽過這個人。」

「真不敢相信，你竟然不記得吉兒。」亞貝特說：「那你呢，泰瑞？你記得吉兒嗎？」

「泰瑞？泰瑞是誰？」泰瑞問。

「是你啊！」亞莉絲說：「你就是泰瑞，安迪的朋友。」

「安迪是誰？」我說。

「糟糕。」亞莉絲說：「我最好快打電話給吉兒。」

亞莉絲拿起話筒撥號。

「哈囉，吉兒嗎？」
她說：「我是亞莉絲。」

「哈囉，亞莉絲！」
吉兒說：「妳好嗎？」

「很好，謝謝！」
亞莉絲說：「除了……
我們全都困在巨無霸
蜘蛛網了。」

「什麼？！蜘蛛網？！
你們在蜘蛛網裡
做什麼？」

「我們本來在垃圾山
玩耍，然後我們走進
舊衣櫥，發現一個
奇怪的地方，
在那裡我們會飛，
所以我們就飛來飛去，
然後被捲進
巨大龍捲風，
最後我們就掉進
這裡了。」

「那安迪與泰瑞和
你們在一起嗎？」

「在。但是他們有點
不對勁。他們忘記自己
是誰，甚至也忘記
妳是誰了！」

「天啊。他們倆到底
怎麼了？他們最近
總是忘東忘西的！」

「沒錯！他們連東西的名字
都想不起來。安迪說
龍捲風叫火龍果，
泰瑞以為蜘蛛叫做間諜豬！」

「亞莉絲，別擔心。我馬上
就到。在我抵達之前，你
和亞貝特可以照顧安迪和泰
瑞，還有小嬰兒嗎？」

「可以，但是求求你快來。
我不喜歡蜘蛛。」

「太酷了！」亞貝特說：「現在換我們當保母啦！他們才是小孩。」

第 9 章

比聰明更聰明

嗨，讀者們，我是吉兒。如你們所知，安迪和泰瑞出事了，所以在他們修好之前，就由我來說故事吧⋯⋯

噢，快看，有隻漂亮的蝴蝶⋯⋯

這是一隻四足翻圈灰蝶，如果我沒記錯……沒錯，看看它轉了幾個圈！這是動物界中最會翻圈的昆蟲，一天可以翻個一百萬次！

唯一類似的昆蟲是索維托翻筋斗蠹魚蟲……

讓我想到一個有趣的故事……

「吉兒，」亞莉絲說：「你應該繼續講這本書的故事，而不是討論動物。」

「噢，抱歉。」我說：「翻圈蝶讓我分心了。」

我剛剛說到哪裡？噢，對了。上一章的最後，我從樹屋的巨無霸蜘蛛網救出安迪、泰瑞、亞莉絲、亞貝特和小嬰兒。

絲絲和她的飛天貓朋友們幫忙帶大家回我家，也就是我們目前所在的位置。

「安迪和泰瑞怎麼了？」亞貝特說。

「這個嘛，」我說：「我們來瞧瞧，好嗎？」

我用手電筒照進安迪的右耳。

　　光束穿過他的腦袋，從左耳透出，接著照進泰瑞的右
耳，穿過他的腦袋，從另一隻耳朵射出來。

「我知道問題是什麼了。」我說：「他們腦袋空空的，像是大腦所有的知識都流光了。」

「噢不！」亞莉絲說：「那你要怎麼辦？」

「再填滿就好啦！」我說：「幸好我設立了動物學院。上禮拜才剛開幕呢。」

「可是安迪和泰瑞不是動物啊！」亞莉絲說。

「他們是動物，」我說：「他們是人類，人類是動物……我們都是動物！現在，我需要你們兩個當老師，重新教育安迪和泰瑞。一起帶他們到動物學院吧。」

237

我走到閱讀區的書架，我為每一種動物都準備了一本學習手冊，包括安迪和泰瑞。

「誰要念這本書給他們聽？」我問。

「我。」亞貝特說。
他翻開書本，讀了起來。

A 是 Andy（安迪）。
他整天在打字。

B 是 Barky（小汪）
正在對鳥吠。

C 是 clones（複製人）。
來幫忙蓋樹屋。

D 是 drawing（畫畫）。
泰瑞他最棒！

E 是 egg（蛋）。
未孵化的巨蛋。

F 是 friends（朋友）。
一起玩耍的夥伴。

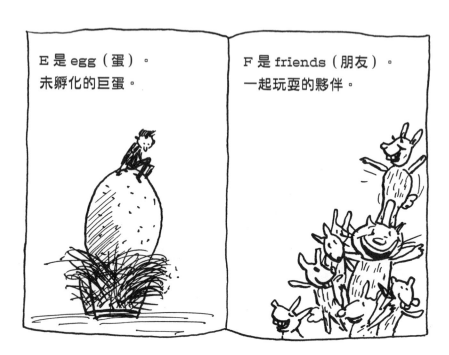

G 是 gorilla（大猩猩）。
地表最強打不倒。

H 是 Hee-Haw（嘶嘶先生）
他咬安迪的手指。

I 是 ice-cream（冰淇淋）。
口味多到數不清。

J 是 Jill（吉兒）。
她就住在隔壁。

K 是 Kevin（凱文）。
一隻機器大公牛。

L 是 lemonade（檸檬水）。
讓你喝到夠。

M 是 Mr. Big Nose（大鼻子先生）。脾氣有夠硬。

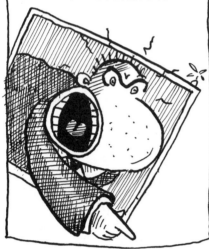

N 是 Ninja Snails（忍者蝸牛）。曾經救了你一命。

O 是 owls（貓頭鷹）。自認最聰明。

P 是 postman（郵差）。我們都叫他比爾。

Q 是 quicksand（流沙）。
瞬間把你吸進去。

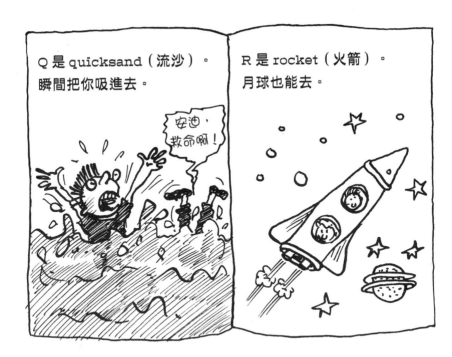

R 是 rocket（火箭）。
月球也能去。

S 是 swimming（游泳），
在透明的水裡游。

T 是 Terry（泰瑞）。
總是發明酷東西。

U 是 underpants（內褲）。
泰瑞的內褲會充氣。

V 是 vegetables（蔬菜）。
大家都嫌棄。

W 是 watermelons（西瓜）。
破！破！破！

X 是 X-rays（X光）。
閃！閃！閃！

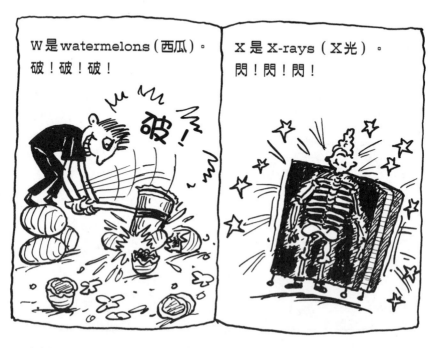

246

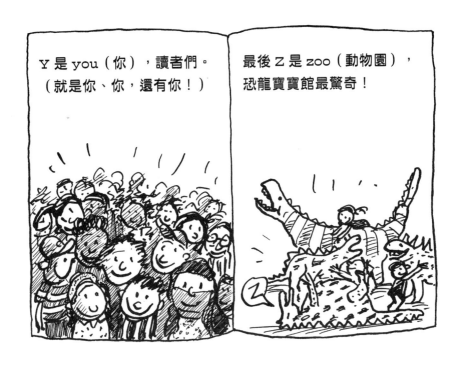

Y 是 you（你），讀者們。
（就是你、你，還有你！）

最後 Z 是 zoo（動物園），
恐龍寶寶館最驚奇！

「亞貝特，念得非常好！」我說：「現在安迪和泰瑞該學數數了。亞莉絲，你可以為他們讀這本《瘋狂樹屋數數書》嗎？」

「非常願意，吉兒。」她說：「我最愛數字了！」

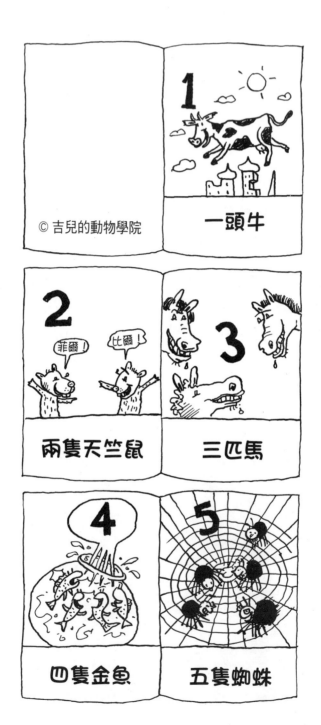

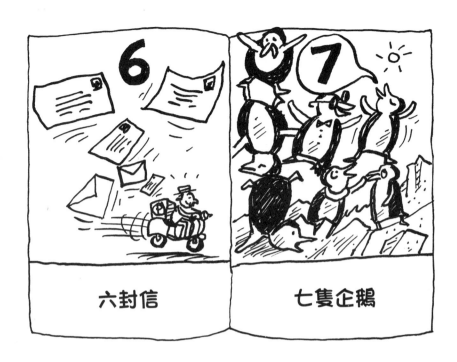

六封信 七隻企鵝

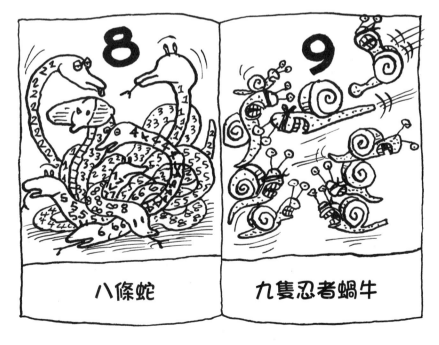

八條蛇 九隻忍者蝸牛

十個安迪

十一顆球芽甘藍

十二隻貓

十三隻兔子

「非常好！」我說：「現在他們有了基礎，可以把其他的知識都放回腦袋了。來唱這首〈一切之歌〉吧！」

玫瑰是紅色，
紫羅蘭是藍色。
草地是一片綠油油，
牛兒哞哞叫著。

鳥兒啾啾，
打嗝咕嚕嚕。
魚沒表情，
蛞蝓黏糊糊。

水是溼的，
汗也是溼的。
你搭噴射機飛行，
你用漁網捕魚。

火焰熱燙燙，
冰塊透心涼。
企鵝晃呀晃，
馬蹄聲噠噠。

正方形有四邊，
三角形有三邊。
再畫一個圓，
好圓、好圓、好圓。

枝椏很細，
圓木很粗。
小心狗兒啦，
牠快到抓不住。

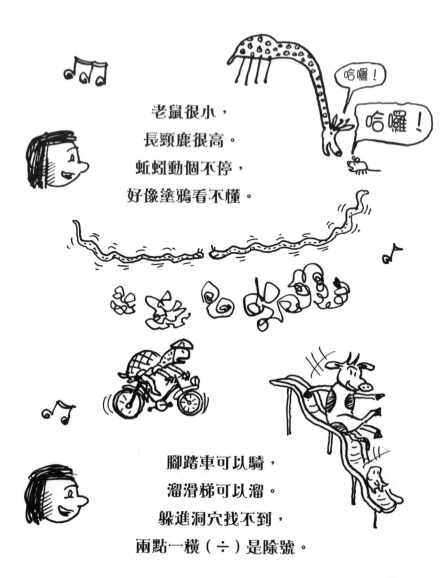

老鼠很小，
長頸鹿很高。
蚯蚓動個不停，
好像塗鴉看不懂。

腳踏車可以騎，
溜滑梯可以溜。
躲進洞穴找不到，
兩點一橫（÷）是除號。

手用來揮，
腳用來走。
嘴巴用來吃飯，
也用來說說話。

眼睛不只看，
還可以傳心意。
耳朵用來聽，
大腦掌管心情。

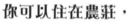

你可以住在農莊，
籠子或鳥巢。
冰屋很涼爽，
不過樹屋才是最棒。

帽子是物品，
用來戴頭上。
老鼠是動物，
小心牠跳上床。

天空在上，
大地在下。
白白的雲，
褐色的泥土地。

陀螺轉呀轉，
門把扭呀扭。
大聲唱首歌，
你全都學會啦。

有些歌很短，
但這首特別長，
為了告訴你，
世界上所有的一切！

「很有趣吧？」我說。

「是呀，」泰瑞說：「而且好有教育意義。我現在覺得自己聰明多了！」

「我也是。」安迪說：「我敢說我比你還聰明。」

「不可能。」泰瑞說：「我比你聰明一千億倍！」

「才沒有！」安迪說：「我比你聰明一兆億萬倍！」

太多
倍了吧！

　　「你才沒有。」泰瑞說：「我比你聰明一千億……
（呵欠）百萬千萬十億百億……（更大的呵欠）千億萬
億百萬億十兆百兆千兆……（超級大的呵欠）萬兆……
ZZZZZZZZZZZZZZZZZ……」

「看！」亞莉絲說：「泰瑞說到一半就睡著了。」

「安迪聽到一半也睡著了！」亞貝特說。

「他們學了這麼多之後，一定累壞了。」我說：「更不用說吹了這麼大的牛皮。」

「所以他們現在恢復正常了嗎？」亞莉絲問。

「幾乎。」我說：「但是絕對遠不如他們自以為的聰明。我們要趁他們睡覺的時候，從耳朵灌更多知識進去。」

263

「好了，應該完成了。」我說：「我們用手電筒再照一次。」

　　這次，當手電筒的光照進安迪的耳朵時，光線不再從另一邊透出。

　　「他們的腦袋現在是滿的！」我說。

　　「太好了！」亞莉絲和亞貝特齊聲說道。

　　「安迪醒來之後，就能重新開始說故事了。」

　　當你們的緊急代理說書人真的非常好玩，謝謝各位偉大的讀者與聽眾！

第 10 章

全面通緝中

　　親愛的讀者，您好！敝人名叫安德魯，在此為各位敍述本人與泰倫斯·丹頓共同創作的《瘋狂樹屋》系列書籍，書中詳實描寫我們在獨一無二的居高住所之生活。

如果您與我們的多數讀者類似，意即，如果您擁有好奇的靈魂，以及追根究底的心智，或許您已發現自己正在思考我，以及泰倫斯於前頁頻繁發生的失憶現象背後之真相。

「嘿，安迪！」泰倫斯說。

「不是現在，泰倫斯。」我說：「此刻我正專心於最重要的演說，無論如何都不可以打斷。」

「可是……」泰倫斯說。

「我深感抱歉，」我說：「不過我必須堅持避免你在不恰當的時機插嘴，否則會威脅到我正在從事的宏大事業。」

「但是……」泰倫斯氣急敗壞的說。

「泰倫斯，你今天到底怎麼了？」我說：「難道你沒有足夠的智力理解如此淺白的話語？」

「我聽得懂淺白的話語，」泰倫斯說：「但是你剛剛說的話，我一個字也聽不懂，我想我們的讀者也聽不懂。」

「胡説八道，一派胡言！」我説：「我會讓你體認到，我的多音節敍事能力在文學領域中無人能及，我的傑作在全宇宙已知、未知的文明中皆備受推崇。天地之遼闊廣博，泰倫斯，是你的心智所難以想像。」

「我不知道你在説什麼。」泰倫斯説：「但是你聽起來就像早餐吞了一本字典。另外，我的名字是泰瑞，不是泰倫斯！」

「事實上，我想你應該要知道，泰瑞其實是泰倫斯和泰洛爾兩個名字的簡稱。泰瑞也是法語名字提耶利的英語化，後者在諾曼第法語型態中叫做提奧多力克，來自古老的日耳曼名字，意指『小腦袋』。」

「安迪到底怎麼了？」亞莉絲説。

「我不知道，」亞貝特説：「我聽不懂他在説什麼。」

「我也是。」吉兒説：「我想我們把他變得太愛賣弄知識了！」

「別擔心。」泰倫斯説：「我很清楚他需要什麼。我馬上回來。」

語畢，泰倫斯迅速離去。

不一會兒，泰倫斯再度出現，高高的扛著一支巨大的錘子。

「安迪，站穩啦。」他說：「這一點也不會痛。這個嘛，我說不會痛的意思，是指會非常痛，看槌……」

「他沒事吧？」亞莉絲說。

「我看看。」泰倫斯搖搖我的肩膀：「安迪，說句話吧！」

「呃……嗯……啊……等腰三角形任兩邊長的平方根和，等於第三邊長的平方根。」

「看來他還需要再被敲一下。」泰倫斯說。

我睜開雙眼。

泰瑞正專注的盯著我，他問：「二加二等於？」

「呃⋯⋯五？」我說。

「太好了！」泰瑞說：「你恢復正常了！」

「謝啦，泰瑞。」我說：「這樣才對。當超級天才太累人了。」

「別謝我，」他說：「要謝謝吉兒和小鬼們幫我們重新填滿大腦。我們的腦子一定是在狂尼亞遇上了什麼事。」

「我不認為問題出在狂尼亞。」吉兒說：「亞莉絲、亞貝特和小嬰兒也去了那裡，但是他們什麼都沒忘記。而且別忘了，到狂尼亞之前你們已經忘了不少事。」

「對耶。」我說：「我忘記了。但如果不是狂尼亞讓我們的腦袋壞掉，那會是什麼呢？」

在我們搞清楚以前，吉兒的公雞門鈴響了。

吉兒的動物立刻群起反應。賴卡和呆呆開始汪汪叫。派特哞哞叫。比爾和菲爾像彈力球一樣到處彈跳。拉瑞、捲捲和小莫從紙牌桌遊中抬起頭，興奮的兔子們則像一群興奮的兔子般到處亂跳。

吉兒去應門。

是郵差比爾！

我們全都向他打招呼，動物們則圍著他。

「早安，」比爾説：「我來宣導這張海報。森林警察署想要張貼這張通緝犯海報。一位危險的算命師從警方高度戒備的馬戲團逃脱了。她似乎會吸乾人的大腦。」

我們走進森林。看來比爾真的很忙，他在每一棵樹上都貼了海報！

全面通緝中

危險算命師在逃！

請注意此人，無論如何，切勿問她任何問題，
否則她會把你腦袋裡的知識吸到一滴不剩。

你問得愈多，

就知道的愈少。

你的腦袋縮水，

她的智慧增長！

切勿邀請她在任何農舍、洞穴、穀倉、馬廄，

小屋或樹屋搭建帳篷，

否則你將會非常、非常、非常後悔！

森林警察署

—— 設立於 2011 年 · 守護您的森林 ——

「天呀！」泰瑞說：「她聽起來好危險。」

「沒錯！」比爾說：「你們見過她嗎？」

「沒有。」我說：「不過謝謝你的警告，比爾。我們絕對會放亮眼睛。」

「好吧。」比爾說：「不過你們要是見到她，不要問她任何問題，否則她會吸乾你們的腦袋。大夥兒，晚點見啦！」

我們全都向比爾說再見，並看著吉兒的動物們追著他的機車跑，直到消失在視線之外。

「也許我們應該告訴比爾全知夫人的事。」我說：「或許她可以幫忙警察追蹤那位邪惡的算命師。畢竟她什麼都知道。」

「等等。」泰瑞說。

「等等……等一下……」

「我再想一下……」

「我搞懂了！準備好接受
驚人事實吧！這位遭通緝的
危險吸腦汁算命師，
不是別人，正是……」

「原來如此！」我說：「這就是為什麼我們一直忘東忘西，因為全知夫人吸乾我們的腦汁了！」

「噢不！」泰瑞說：「我們的腦袋現在好不容易重新填滿了，她一定會再次吸乾它們！」

　　「你們兩個，冷靜點。」吉兒說：「還記得海報上說的嗎？她只能在你們問問題的時候吸腦汁。不要問她問題，你們就不會有事。」

「但是我們要怎麼把她趕出樹屋？」我問。

「我們可以問她是否能離開。」泰瑞說。

「不可以問她問題！」我說。

「對喔，」泰瑞說：「說得沒錯，安迪。」

「你們要求她離開就可以了。」吉兒說：「只要說很抱歉搞錯了，你們需要收回那層樓去做別的事情。我會帶動物一起去。記住，無論如何，不要問她任何問題！」

第 11 章

毀滅頭巾

我們擠進吉兒的飛天貓雪橇，直往樹屋飛去。

我們降落在全知夫人的樓層。

「你先進去。」我對泰瑞說，一邊把他往前推。

「不要，我好怕。」他躲到我背後，把我推向帳篷的簾幕前：「你先進去。」

「我有更好的主意。」我說：「讓動物先進去！」

「真是好主意。」泰瑞說：「安迪，幫我推曼尼一把！」

我們將曼尼往帳篷裡推，但吉兒阻止我們，她說：「安迪！泰瑞！不要推我的山羊！」

「可是泰瑞推我。」我説。

「安迪先推我的。」泰瑞説。

「不要用別人的錯誤當自己的藉口，更不是推山羊的好藉口！」吉兒説：「不然我們全部一起進去？」

「我有更好的主意。」全知夫人從她的帳篷現身：「你們這麼多人，不如我出來吧？」

「全知夫人！」泰瑞嚇得倒抽一口氣。

「是的，全知夫人正是我。我知悉萬事，洞見萬物。」

她說：「我想你們應該有些事情想問我？」

「這個嘛，其實我們的確有事想問妳。」泰瑞説：「妳是否……」

我搗住泰瑞的嘴巴。

「我們來，不是要問妳問題。」我説：「我們是來要求妳做某件事。我們要求妳離開。」

「立刻。」吉兒説。

亞莉絲和亞貝特點點頭。

「嘰咕嘰嘎。」嬰兒附和著。

「你們為何不問我是否可以離開呢？」全知夫人說：
「這不是更有禮貌嗎？」

「不，」我說：「我們再也不問妳任何問題！」

「噢！」全知夫人露出狡猾的微笑，說道：「我了解。你是在告訴我，你們沒有更多想知道的事情。」

「沒錯。」我說：「完全沒有。」

「連這本書是否能準時寫完，你也不想知道嗎？」

「我知道我們會準時寫完。」我說：「我們總是有辦法寫完。」

「很好，那麼，」全知夫人繼續說：「泰瑞，你呢？難道你不想知道你的眉毛是什麼味道？我知道你常常在想這個問題！你只要問我就知道了。」

「沒錯，我想過。」泰瑞說：「其實我常常思考這個問題。但是我才不要問妳。」他搖搖頭，然後雙手緊緊摀著嘴巴以防萬一。

　　「隨你高興。」全知夫人說：「那妳呢，吉兒？妳想知道我的蛇叫什麼名字嗎？」
　　「不想，」吉兒說：「因為我已經幫牠們取好名字了——溜溜、滑滑和羅傑。」

「那的確是牠們的名字！」全知夫人驚訝的説：「不過，難道妳不想知道他們的小名嗎？」

「蛇才沒有小名，」吉兒説：「那太蠢了！」

全知夫人聳聳肩，接著將注意力轉向小鬼們。

「亞莉絲，妳呢？你想知道長大以後會發生什麼事嗎？」

「我已經知道了。」亞莉絲説：「我要和吉兒一樣，和動物住在一起。」

「我要和泰瑞一樣，住在瘋狂樹屋，畫超酷的圖畫！」亞貝特說。

「嘿！」我說：「為什麼沒人長大後想和我一樣？」

「這是問題嗎？」全知夫人說。

「不是問妳，這才不是問題。」我說。

「好吧，」全知夫人說：「如果你們沒人想要問我任何問題，你們讓我別無選擇，只能放出……毀滅頭巾！」

她按下頭巾前面的寶石，立刻猛然飛出十幾條管子，每條管子末端都有一小條頭巾。

「快跑！」我說。

鈴鈴

我們不停的跑，但是沒有用。迷你頭巾從天而降，自
動纏上我們的頭。我們全都被捲住，跑不了 —— 小鬼們和
吉兒所有的動物也不例外。

　　我們試著拉開，但是頭巾毫不動彈。

　　「掙扎也沒有用。」全知夫人說：「毀滅頭巾是多腦
吸乾機。啟動後就會把你們的腦子吸進我的腦子裡。在吸
空你們的腦袋以前，頭巾是不會鬆開的。」

「求求你，別再吸乾我們的腦袋。」泰瑞說。

「噢，多虧吉兒，現在你們的腦袋比之前裝了更多知識和資訊，」全知夫人說：「讓我難以抗拒！」

「究竟為什麼？」吉兒抗辯：「妳已經知道萬事萬物，至少妳聲稱如此，那妳還想多知道什麼？妳還能多知道更多什麼？」

「噢！」全知夫人嘆口氣：「妳對萬事萬物知道得實在太少。聽著，妳知道得愈多，就知道還有更多妳還不知道的事物。在知道世界上最後一件能知道的事情之前，我是不會罷手的。」

「啊？」吉兒説。

「我唱給妳聽，或許比較好懂。」全知夫人説完，便唱了起來。

我想知道萬事萬物

（演唱：全知夫人）

我的知識遠超過
Goolge、雅虎和維基百科，
因為我是全知夫人，
活生生的人體百科！

別告訴，我已知夠多，
我知道永遠不夠。
知道有這麼多不知道的事，
我就慌得直發抖。

蜘蛛

我想知道何人何事，
還有何時為何和如何。
一切我都想知道，
現在就想知道。

我想知道誰創造色彩，
還為每個顏色取名字。
又是哪個討厭鬼創造蜘蛛，
渾身好不舒服。

我想知道花為什麼開，
溪水為何流動，人為何要擤鼻涕。
我想知道彩虹的盡頭在何處，
真是讓我想破頭！

我想知道世界上每一個字，
還有它們的意義。
我想知道如何建造金字塔，
還有為什麼比薩斜塔會傾斜。

我想知道火山為何爆發，
山巒為何有高低。
我想知道魚的價格。
我絕對會追究到底！

我想知道石頭為何這麼硬，
餅乾卻總是碎掉。
我想知道嬰兒為何笑，
老人卻總是咆哮。

我想知道四面，
我想知道八方。
我想知道木琴和豎琴，
差異究竟在哪。

誰發明打字機？
誰創造月球？
浣熊的尾巴上，有幾個黑圈圈？

誰最快？誰最高？
誰最強壯？誰最棒？
誰最富有？誰最窮？
哪隻鳥的鳥巢最巨大？
什麼最深？什麼最寬廣？
夕陽為何總在西邊？
除非我全部都知道，
否則永遠、永遠不停歇！

第 12 章

鼻子大爆炸

「視訊電話響了。」泰瑞說。

「我知道！」全知夫人說。

「妳應該接電話。」我說：「可能是大鼻子先生！」

「我知道！」全知夫人說。

「他可能想要接亞莉絲、亞貝特和小嬰兒回家了。」
泰瑞說。

「我知道。」全知夫人說。

「妳應該快點接電話。」我說：「他不喜歡等太久。」

「我知道！」全知夫人說。

全知夫人接起電話。大鼻子先生的臉 —— 還有鼻子立
刻塞滿螢幕。

「喂!」他吼道:「我是大鼻子先生!」
「我知道你是誰。」全知夫人說。

「我想和安迪還有泰瑞説話。」

「這點我也知道。」全知夫人説。

「那就快讓他們聽電話。」他説：「妳知道，我可是大忙人。」

「我知道。」她説。

「立刻讓他們聽電話。」他說：「我快沒耐性了。」

「我知道你快沒耐性了。」全知夫人說。

「我受夠了。」他說。

「我知道你受夠了。」她說：「我是全知夫人，我知曉萬事萬物。你有沒有想知道的事情？只要開口問就可以了。」

「聽好了，不知道妳哪位夫人，」大鼻子先生說：「告訴妳一件妳不知道的事情：如果妳繼續浪費我的時間，不讓安迪和泰瑞聽電話，我會非常非常生氣！」

　　「我當然清楚知道。」全知夫人說。

「我受不了啦。」他説:「妳把我的耐性逼到極限了！」

「我知道。」全知夫人説。

「妳真的惹毛我了！」他説。

「我知道。」她説。

「我非常、非常、非常生氣。」
「我知道。」

「非常、非常、非常、非常生氣！」
「我知道。」

317

「事實上，我感覺自己氣到要炸開了⋯⋯或是我的某部分。」

「我知道。」她說。

「糟了。」我說。

「不妙。」泰瑞説。

「完了。」吉兒説。

那天，全知夫人讓大鼻子先生
非常、非常、非常、非常生氣，
氣到他的鼻子終於爆炸了。

轟隆

320

爆炸的威力把我們向後炸飛。

我們坐起身，看看彼此。

「大家還好嗎？」吉兒說。

「我沒事。」亞莉絲說。

「我也是。」亞貝特說。

「阿公鼻爆炸砰！」小嬰兒說。

我們都笑了。

她吸乾了
我的腦袋，
但我覺得
沒什麼不同。

「嘿！」泰瑞拍拍頭，說道：「吸腦頭巾掉了！」

「全知夫人也不見了。」我説：「你們看！」

323

全知夫人原本站著的地方，只剩下一雙冒煙的鞋，還
有三條被炸暈的蛇。

「咿噁！是蛇！」泰瑞說。

「噢，可憐的小東西。」吉兒撿起蛇。

「吉兒，小心。」我說：「牠們可是邪惡算命師的蛇！」

「牠們才不是呢。」吉兒用臉輕柔的蹭著牠們：「你們只是無辜的受害者，對不對？你們想不想到我的農莊，和我一起生活呢？」

蛇興奮的嘶嘶吐蛇信，我想那表示同意。吉兒的其他動物看起來可就沒那麼開心了。

牠們吃了我表哥！

「你覺得阿公的鼻子會沒事嗎？」亞貝特說。

「沒事啦。」我說：「這很可能不是第一次發生……而且不知為何，我猜這也不會是最後一次。」

「現在全知夫人被消滅了，」亞莉絲說：「你們要怎麼處置她的帳篷呢？」

「我們可以把這層樓變成露營區。」我說。

「耶！」泰瑞說：「可以露營、生營火，一定會很好玩！」

「我有個點子。」吉兒說：「你們可以打造全知夫人紀念文獻圖書館，帳篷裡只放參考類書籍，內容關於事實和正確資訊。」

「那小說呢？」泰瑞問：「我們的圖書館也可以放小說和故事書嗎？」

「當然可以啦，」吉兒說：「小說和故事書都能讓人學到很多事。」

「說得不錯，吉兒。」我說：「我深深相信，知識就是力量。然而在我們的一生中，能夠了解與學習的事物極為有限。因此任想像力奔馳、解放我們的思想極為重要，因為唯有想像力才能開啟人類內在的力量，給予我們知識所不及的一切。」

「安迪，你是不是想再吃一槌？」泰瑞說。

「不要。」我說：「抱歉，我不知道為什麼會說那些話，不過我現在沒事了。」

未來……我會吃更多魚！

「我認為最重要的是，」吉兒說：「如何你想知道任何事，就看書吧 —— 什麼書都好。根本不需要到處吸別人的腦袋！」

「說到書，」我說：「我們的書還沒寫呢！」

「可以把我們寫進去嗎？」亞莉絲說。

「可以嗎？拜託把我們寫進去。」亞貝特說：「我一直好想成為書中的角色。尤其是在瘋狂樹屋裡！」

「你們當然會出現在書裡啦！」我說：「事實上，你們還可以幫忙寫故事和畫圖呢！」

　　「太棒了！」亞貝特說：「不過，是關於什麼的故事呢？」

「當然是當保母啦！」泰瑞說。

「耶！」亞莉絲說：「書名可以叫做《有史以來最棒最好玩的保母日》！」

「這個書名相當不錯，」我說：「不過我覺得最好還是叫《瘋狂樹屋91層》，以免有些讀者搞不清楚。」

「好吧，」亞莉絲說：「就叫做《瘋狂樹屋91層》。」

第 13 章

最終章

我們全開始卯足全力工作。

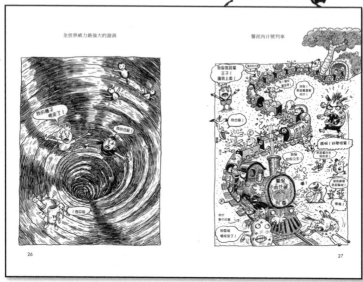

我們寫故事……

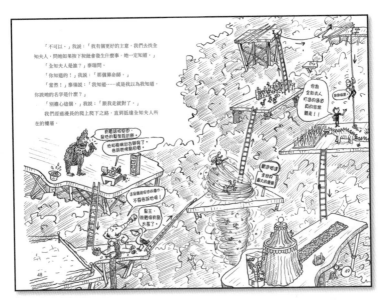

然後畫畫……

我們畫畫……

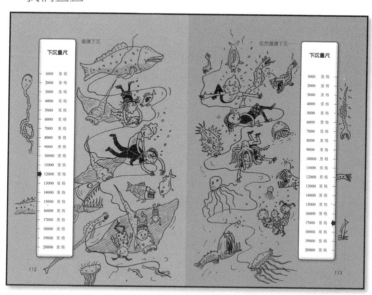

然後寫故事……

我們不斷的寫……

然後不斷的畫……

我們繼續畫……

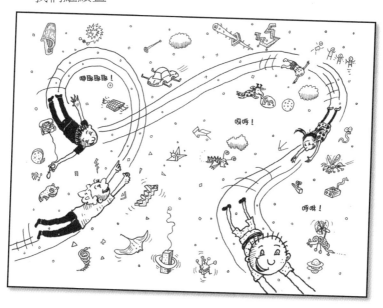

我們繼續寫……

我們努力畫⋯⋯

然後努力寫⋯⋯

我們繼續寫⋯⋯

我們繼續畫⋯⋯

最後，我們終於完成了！

「你們看！」我們一頁頁翻看時，亞貝特說：「那是我耶！」

「那是我！」亞莉絲說。

「那是我！」泰瑞說：「安迪，快看！我在書裡！我在書裡耶！」

嘰咕嘎！

「我們寫的每一本書裡都有你。」我提醒他。

「我知道呀，」他聳聳肩：「但還是很令人興奮啊。吉兒！我在書裡⋯⋯安迪也是⋯⋯你也是！」

「是啊，」吉兒說：「而且成果也很不錯呢！事實上，我想這會是我目前最喜歡的一本。」

「我也是！」泰瑞說：「如果我們現在按下紅色大按鈕就更棒了。安迪，可以嗎？我們可以按按鈕了嗎？」

「對啊！」亞貝特說：「可以嗎？可以嗎？」

「不可以！」我說：「那太危險了！我們問過全知夫人，你也聽到她說什麼。她說她看見大爆炸，然後一片毀滅！」

「但是如果全知夫人看到的爆炸不是紅色大按鈕呢？」泰瑞說：「如果那是她惹怒了大鼻子先生，超過他的忍耐極限而引爆的紅色大鼻子呢？」

「沒錯！」吉兒說：「她的確說過她不是絕對完全知道萬事萬物，所以關於紅色大按鈕，她可能弄錯了。」

「我認為不無可能，」我說：「但我不確定……就算只有一點點可能會炸翻全世界，還是非常冒險……」

「但是不按下按鈕，也會冒很大的險。」泰瑞説：「我們可能會錯過非常美好的事物，例如我們的鼻孔會噴出彩虹。」

「我想要鼻子彩虹。」亞貝特説。

「我也要！」亞莉絲跳上跳下的説。

「聽起來的確很不錯。」吉兒説：「但是我也不希望炸翻全世界。」

「好吧。」我說：「我們來投票，贊成按下紅色大按鈕看看會發生什麼事的人，舉起你們的手！」

泰瑞、亞莉絲和亞貝特將手舉至空中。

「好，」我說：「現在，不贊成按下紅色大按鈕看看會發生什麼事的人，舉起你們的手！」

　　我、吉兒和亞貝特將手舉至空中（顯然亞貝特不懂投票是什麼意思 —— 或者他就是喜歡舉手。但投票就是投票，所以這一票我算進去了）。

「三票贊成，三票反對。」我説。

「平手了。」吉兒説。

「小嬰兒呢？」泰瑞説：「小嬰兒還沒有投票。」

「沒錯，泰瑞。」我說：「不過小嬰兒到哪去了？」

我們環顧四周。

噢不！小嬰兒正攀上紅色大按鈕！

「不！」我大叫。

但是小嬰兒只回答：「嘰咕嘰嘎！」然後自己爬上紅色大
按鈕……

爬到了紅色大按鈕的中央……

然後「噗」的坐下。

← 紅色

按鈕發出了「喀擦」聲。

← 紅色

「我們死定了！」我大叫：「我們全都死定了！小嬰兒按下紅色大按鈕了！」

「我們現在怎麼辦？」泰瑞問。

「我們不能怎麼辦。」我說：「只能靜靜等待我們的末日。」

「但是末日何時才會降臨？」泰瑞説。

「對啊，怎麼這麼久？」亞貝特説。

「對啊！」亞莉絲也説：「你説全世界都會被炸翻！
你保證過的！」

「我才沒有保證，」我說：「我只說可能會發生。耐心點，世界末日催不得。該發生的時候就會發生。」

紅色

「除非世界末日會發生！」吉兒說：「我愈來愈覺得泰瑞説得沒錯——全知夫人搞混紅色大按鈕和大鼻子先生的鼻子了。」

紅色

「真不走運，安迪。」泰瑞說：「很抱歉，你搞錯了炸翻全世界的事情。」

「沒關係。」我說：「往好的一面想：世界不會炸翻了。」

飢色→

「對呀，不過往沒這麼好的一面想，彩虹也沒從我們的鼻子噴出來。」

「這個嘛，」吉兒說：「說到鼻子，我的鼻子其實感覺怪怪的。」

「有點刺刺的嗎？」

「對！」吉兒說。

「我也是！」亞莉絲說。

「我也是。」亞貝特說。

「我也是！」泰瑞也說：「安迪，你的鼻子呢？」

「不得不承認，我的鼻子的確感覺相當怪異，但這不表示⋯⋯」

紅色

358

「我們的鼻子噴出彩虹啦，安迪！」泰瑞說：「真是史上最棒的事！你之前還說不想按下按鈕！」

「鼻子噴出彩虹的確非常酷，這點毫無疑問。」我說：「不過如果彩虹能把我們的書，還有孩子們，準時送到大鼻子先生那裡，絕對會是史上最棒的事。」

「哇喔！」吉兒説：「快看鼻王的鼻子噴出的彩虹！真是大的驚人！」

「對呀！」泰瑞説：「彩虹越過了森林，直直通往大鼻子先生的辦公室耶！」

「我們正好需要！我們可以把彩虹當成橋！」我説：「大家快跳上來吧！」

我們爬上鼻王的頭，在彩虹上滑行……

哇!

掉進大鼻子先生的辦公室。

「看來我們的任務完成了。」我說，大鼻子先生和大
鼻子太太抱起亞莉絲、亞貝特和小嬰兒。

「我想我們最好快回到樹屋，」泰瑞說：「趁鼻王的
象鼻彩虹還沒消失之前。」

我們正要爬上彩虹時，亞莉絲和亞貝特跑向我們。

「掰掰，安迪、泰瑞、吉兒。」亞貝特說：「謝謝你們帶來有史以來最棒的保母日！」

「嘰咕嘰嘎。」小嬰兒也附和。

「不客氣。」我說：「歡迎你們隨時回來玩。」

「很高興認識你們。」吉兒說：「也謝謝你們幫忙照顧安迪和泰瑞。」

「下次見。」泰瑞說。

我們轉身準備離開。亞莉絲拿了一座大鼻子先生的出版獎盃，用黑色麥克筆寫上「世界上最棒的保母」。

「這是給你們三個的。」亞莉絲說。

「謝謝！」泰瑞說：「我們好喜歡啊！」

「對呀！」我說：「一定會放收藏在獎盃室！」

我們爬回彩虹，在上面滑行……

一路回到樹屋。

「我們現在要做什麼？」泰瑞說。

「當然是再為樹屋加蓋十三層啦。」我說。

「我就希望你會這麼說。」泰瑞說。

「我就知道你會這麼說。」吉兒說。

379

故事館 50

瘋狂樹屋 91 層：潛入海底兩萬哩
The 91-Storey Treehouse

小麥田

作　　　者	安迪·格里菲斯（Andy Griffiths）
繪　　　者	泰瑞·丹頓（Terry Denton)
譯　　　者	韓書妍
封面設計	翁秋燕
責任編輯	汪郁潔

國際版權	吳玲緯　蔡傳宜
行　　　銷	何維民　吳宇軒　陳欣岑　林欣平
業　　　務	李再星　陳紫晴　陳美燕　葉晉源
副總編輯	巫維珍
編輯總監	劉麗真
總 經 理	陳逸瑛
發 行 人	涂玉雲
出　　　版	小麥田出版
	10483 台北市中山區民生東路二段 141 號 5 樓
	電話：(02)2500-7696
	傳真：(02)2500-1967
發　　　行	英屬蓋曼群島商家庭傳媒股份有限公司
	城邦分公司
	10483 台北市中山區民生東路二段 141 號 11 樓
	網址：http://www.cite.com.tw
	客服專線：(02)2500-7718 ｜ 2500-7719
	24 小時傳真專線：(02)2500-1990 ｜ 2500-1991
	服務時間：週一至週五 09:30-12:00 ｜ 13:30-17:00
	劃撥帳號：19863813　戶名：書虫股份有限公司
	讀者服務信箱：service@readingclub.com.tw
香港發行所	城邦（香港）出版集團有限公司
	香港灣仔駱克道 193 號東超商業中心 1/F
	電話：852-2508 6231　傳真：852-2578 9337
馬新發行所	城邦（馬新）出版集團 Cite (M) Sdn Bhd.
	41-3, Jalan Radin Anum, Bandar Baru Sri Petaling,
	57000 Kuala Lumpur, Malaysia.
	電話：+6(03) 9056 3833　傳真：+6(03) 9057 6622
	讀者服務信箱：services@cite.my
麥田部落格	http:// ryefield.pixnet.net
印　　　刷	漾格科技股份有限公司
初　　　版	2018 年 5 月
初版五刷	2022 年 1 月
售　　　價	360 元

The 91-Storey Treehouse
Text copyright © Flying Beetroot
Pty Ltd, 2017
Illustrations copyright © TJ & KA
Denton, 2017
This edition arranged with Curtis
Brown Group Ltd.
Through Andrew Nurnberg
Associates International Limited
Complex Chinese translation ©
2018 by Rye Field Publications, a
division of Cite Publishing Ltd.
All Rights Reserved.

國家圖書館出版品預行編目 (CIP) 資料

瘋狂樹屋 91 層：潛入海底兩萬哩 /
安迪 . 格里菲斯 (Andy Griffiths) 作
; 泰瑞 . 丹頓 (Terry Denton) 繪 ; 韓
書妍譯 . -- 初版 . -- 臺北市 : 小麥田
出版 : 家庭傳媒城邦分公司發行，
2018.05
　面；　公分
譯自：The 91-storey treehouse
ISBN 978-986-95636-7-3（平裝）

887.159　　　　　　107005698

版權所有 翻印必究
ISBN 978-986-95636-7-3
Printed in Taiwan.
本書若有缺頁、破損、裝訂錯誤，請寄回更換。

城邦讀書花園
www.cite.com.tw
書店網址：www.cite.com.tw